ALLIE, GANADORA POR FIN

ALLIE, GANADORA POR FIN

angela cervantes

SCHOLASTIC INC.

ISBN 978-1-338-18788-5

10 9 8 7 6 5 4 3   18   19   20   21

Printed in the U.S.A.   40
First Spanish printing 2017

Book design by Nina Goffi

a mi familia

CAPÍTULO 1

Échale la culpa a Junko Tabei. O échale la culpa a mi maestra, la Sra. Wendy. Ella es la que cada mes cuelga un cartel de una persona famosa en el salón. Este mes le tocó a Junko Tabei, la primera mujer en llegar a la cima del monte Everest. En el cartel, Junko lleva un pico sobre el hombro y parece estar a punto de entrar en nuestra clase. El mes pasado, la Sra. Wendy colgó un cartel de Neil Armstrong. El anterior, uno de Amelia Earhart. Este mes, Junko Tabei, armada con su pico, me mira como preguntándome: ¿Cuándo serás *tú* la primera en algo?

Ya sé que se trata solo de un cartel, pero una estudiante

de quinto grado no necesita que la presionen tanto. Ya es difícil crecer en una familia donde todo el mundo ha sido el primero en algo. Mi bisabuelo, Rocky Velasco, al que todos llamamos Abue, fue el primer soldado de nuestro pueblo en recibir la Medalla de Honor del Congreso. La recibió por haber peleado valientemente en la Segunda Guerra Mundial, pero a él no le gusta hablar de eso. Mi hermana mayor, Adriana, fue la primera campeona nacional de debate de nuestro pueblo. Y esa es solo la punta del monte Everest. Mis tres hermanos son los primeros en todo y tienen montones de trofeos y medallas para demostrarlo. Sin embargo, aquí estoy yo, casi a punto de graduarme de la Primaria Sendak, y aún no he sido la primera en nada.

He tenido cinco años en esta escuela para dejar alguna huella, y cada año mi ascenso a la cima se viene abajo como una avalancha. En primer grado, vendimos masa para galletas para comprar equipos para el patio de juegos. Vendí masa para galletas en cada casa de mi vecindario y a todos los bomberos que trabajan en la estación de bomberos de mi papá. No obstante, quedé en segundo lugar, detrás de Ethan Atkins, que vendió cien tubos de masa para galletas a la salida de la iglesia. En segundo grado, fue el maratón de saltar la cuerda para recaudar fondos para el hospital infantil. Estuve saltando dos horas seguidas para romper el antiguo récord de la escuela implantado por mi hermana Adriana. Cuando me faltaban diez minutos para romperlo, me dio un calambre en una pierna. En tercer grado, fue el campeonato de matemática. Perdí en la final en un problema. ¡En un problema de matemática!

Y no quiero recordar la derrota del año pasado. Era el campeonato de reciclaje "La basura es un tesoro" de la escuela. Todo lo que teníamos que hacer era recolectar basura y construir algo genial con ella. La mayoría de los chicos se fue por lo más fácil y construyó sonajeros y comederos de pájaros, pero yo recolecté un montón de botellas de plástico, pedazos de poliuretano, cartones y cajitas de jugo Capri Sun, ¡y construí un increíble bote que flotaba! Cómo me podía imaginar que el gatito blanco y negro que acabábamos de adoptar odiaba los botes. La mañana del campeonato, encontré a Sigiloso mascando el poliuretano y haciendo pedacitos los cartones como si fueran menta gatuna.

He vivido cinco años de derrotas épicas en esta escuela. Pero hoy, eso va a cambiar. ¡Nunca más seré derrotada! He construido un volcán impresionante y me propongo ser la primera de mi familia en ganar el concurso de la feria de ciencias de quinto grado de la Primaria Sendak.

Unas cuantas mesas antes de la mía, el Sr. Gribble, el jefe del departamento de ciencias, y otros maestros están parados frente al proyecto de Sara López. El Sr. Gribble está haciendo muchas preguntas y cuando Sara responde, asiente y toma notas. Los otros jueces, entre ellos la Sra. Wendy, hacen lo mismo. Usualmente, Sara se ve muy profesional y calmada con sus gafas de armadura roja, pero ahora aseguraría que está nerviosa. Está jugando con unos imanes que hay en su mesa y frunce el ceño. Sara y yo éramos muy buenas amigas antes de las vacaciones de Navidad, cuando ella decidió que era más divertido pasar el tiempo con Hayley Ryan.

Ahora se sienta con Hayley en el almuerzo y casi nunca me dirige la palabra. Las pocas veces que la he visto sola, he tenido miedo de preguntarle por qué ya no somos buenas amigas. He tratado de adivinar qué fue lo que hice mal, pero no se me ocurre nada. Desde kindergarten, yo era su amiga favorita. El año pasado le hice un brazalete de mejor amiga. Usé ligas elásticas con sus colores favoritos: rosado y negro. Después a ella se le ocurrió que podíamos inventar nuestro propio idioma secreto. Lo llamó "el código de la amistad". Aprendí a hablar el nuevo idioma en un par de horas. Pero, desafortunadamente, solo duró un mes porque Sara se aburrió de usarlo.

¿Se habrá aburrido de mí como se aburrió del idioma que inventamos? La volví a mirar. Estoy segura de que si gano esta feria de ciencias se dará cuenta de cuánto extraña ser mi mejor amiga. Porque un volcán tan grande no tiene nada de aburrido.

Aun cuando me sé mi proyecto de memoria, reviso las tarjetas de notas. Estoy preparada para contestar las preguntas del Sr. Gribble sobre la lava, el Cinturón de Fuego del Pacífico y los diferentes tipos de volcanes. Sé más sobre gases volcánicos que lo que permite la ley.

Anoche, después de la cena, practiqué la presentación delante de mi familia. Luego, cuando todos dormían, practiqué delante de Sigiloso. Miraba el volcán receloso y aprovechó cada oportunidad que tuvo para pegarle con su rabo peludito. No creo que a los gatos les gusten los volcanes, pero espero que el Sr. Gribble opine diferente. A él es a quien tengo que convencer de que mi proyecto se merece el primer lugar. Estoy segura de que Junko Tabei tuvo que enfrentarse a muchos como el Sr. Gribble en su carrera para llegar a ser la primera mujer en escalar la montaña más alta del mundo. ¿Y acaso eso la detuvo?

¡No!

Y a mí tampoco me detendrá. El Sr. Gribble es el único obstáculo que se interpone entre el gran legado que pienso dejar en la Primaria Sendak y yo.

—¡Oye, Alyssa! Se están demorando mucho, ¿no? —dice Víctor García, el chico nuevo de la escuela, parándose al lado mío—. Ojalá se apuraran, la baba verde se va a secar y necesito ir al baño o voy a reventar.

Volteo la cara y veo su rostro angustiado. Luego miro a la derecha, hacia la mesa donde está su proyecto cubierto de baba verde. Es el proyecto que siempre hacen los chicos de cuarto grado con sustancia verde viscosa.

—Ya sé que eres nuevo —digo—, pero solo los adultos me llama Alyssa. Llámame Allie, por favor.

—Disculpa —dice—. De todas formas, solo quería decirte que tu volcán está espectacular. Todo el mundo dice que vas a ganar.

—¿Todo el mundo? ¿Hasta Sara?

Pongo las tarjetas de notas en la mesa y observo a Víctor dando saltitos para no hacerse pipí. Víctor llegó a la escuela después de las vacaciones de invierno. Esta es la primera vez que tenemos una verdadera conversación.

—Sí, todo el mundo —dice sin parar de saltar—. Vas a hacer historia en Sendak con ese supervolcán.

—Y tú vas a hacer historia en Sendak con un supercharco si no acabas de ir al baño —digo.

—No puedo —gime Víctor—. Si los jueces vienen y no estoy aquí, podrían descalificarme. Necesito que me vaya bien en esta escuela. Este es el último año antes de la escuela intermedia, ¿sabes?

—Bueno, no puedes quedarte ahí como un volcán a punto de entrar en erupción —digo—. Si los jueces vienen cuando no estés aquí, trataré de entretenerlos en mi mesa hasta que regreses, pero apúrate. Haz pipí como si estuvieras tratando de romper el Récord Mundial de Guinness.

—¡Eres genial, Chica Volcán! —dice y sale corriendo.

Estupendo. Un nuevo apodo. Pero el único nombre que quiero es Allie, Campeona de la Feria de Ciencias. Quizás entonces mi hermano mayor, Aiden, y mi hermana menor, Ava, me respeten un poco. Finalmente haré que mi familia se sienta orgullosa de mí y podré graduarme de primaria con la cabeza en alto como un verdadero miembro de la familia Velasco.

Reviso la mochila para asegurarme de que lo tengo todo. ¿Mezcla de detergente y bicarbonato? Aquí. ¿Colorante rojo, vinagre y agua? Aquí. ¿Toallas de papel para limpiar? Aquí. ¿Gafas de laboratorio para los jueces? Aquí.

El Sr. Gribble y los jueces se alejan de la mesa de Sara. Mi ex mejor amiga está cabizbaja y se está quitando la pintura de las uñas; algo que solo hace cuando está nerviosa. Ciencias no es una de sus asignaturas favoritas. A ella le gusta más la música y las materias que tienen que ver con el arte, pero si alguien me podría ganar en la feria de ciencias es ella, porque es superinteligente.

Lo que me hace recordar algo. ¿Dónde está Víctor? Los jueces están a tres mesas de distancia. Voy hasta la mesa del chico nuevo y veo que la sustancia verde viscosa que tiene en un bol se ha secado. El cartel que ha preparado para la presentación dice en letras verdes muy grandes: "¿Es un líquido o un sólido?".

Toco la baba verde con el dedo. No se mueve. "Definitivamente es un sólido", me digo. Tomo la botella de agua de Víctor y echo unas cuantas gotas de agua en el bol. La sustancia verde se suaviza un poco. Tengo que darle crédito a Víctor, su baba verde es de muy buena calidad y el cartel que ha preparado es sencillo y divertido. Me gustaría saber cómo usó las plantillas para hacer las letras. Detesto admitirlo, pero su presentación es mejor que la mía. No obstante, yo tengo un volcán impresionante y ése es mi boleto al triunfo y a hacer historia en la escuela. Cuando Víctor regresa, se está secando las manos en su bata de laboratorio.

—Salvé tu baba verde —digo—. Estaba seca y le eché unas gotas de agua.

—Gracias, Chica Volcán —dice.

—No me llames así —digo poniendo los ojos en blanco.

Miro hacia la mesa de Sara. Está recogiendo su proyecto, lo que no se supone que hagamos hasta que la feria haya terminado. Me pregunto si debería ir hasta donde está y recordárselo. Quizás si lo hago me lo agradezca y volvamos a ser buenas amigas.

—Víctor, ¿podrías cuidar mi proyecto? Necesito hablar con Sara —digo.

—Por supuesto, Volcán Allie —dice Víctor.

Paso al lado de los jueces que están frente a Diego y su "Tornado embotellado" a dos mesas de mi volcán. Tengo que apurarme.

—Hola, Sara, ¿qué haces? Tenemos que dejar expuestos los proyectos hasta que lleguen los padres y los otros estudiantes —digo.

—¿Para qué? Tendría que tener mucha suerte para calificar. Mis padres se van a llevar un fiasco —dice Sara encogiéndose de hombros y poniendo los imanes en una caja.

—Tus padres están orgullosos de todo lo que haces —digo.

Los papás de Sara son buenos amigos de mis padres y sé que nunca se molestarían con ella si ha trabajado duro.

—La presentación fue un desastre. No estaba preparada para contestar las preguntas —suelta Sara—. El Sr. Gribble es tan injusto.

Típico de Sara López. Antes de cada prueba importante se pone a decir que no tuvo tiempo suficiente para estudiar. Después de la prueba se queja de que lo hizo todo mal.

Y cuando nos devuelven los exámenes, siempre saca una A bien grande y entonces dice: "Tuve suerte". Tiene más suerte que un duende.

—Estoy segura de que te fue bien. A ti siempre te va bien —digo tratando de sonar convincente.

De pronto, no sé por qué, me he puesto muy nerviosa. Sara y yo fuimos buenas amigas por años y ahora ni siquiera puedo hablar con ella serenamente.

—No lo creo —dice Sara.

Me pongo a jugar con mi cola de caballo y trato de pensar en algo para animarla. Entonces, saco el brazo y le muestro el brazalete que me hizo de ligas elásticas turquesas y moradas.

—Mira, tú me hiciste este brazalete el año pasado, ¿te acuerdas? Todavía está enterito —digo.

Sara mira hacia abajo a los imanes y no dice nada. No lleva puesto el brazalete que yo le hice. De hecho, no se lo he visto puesto desde que comenzó el semestre. Soy una estúpida. Probablemente lo botó.

—Y eres buena componiendo canciones. ¿Te acuerdas de la canción "Ser peludo no es tan fácil" que compusiste para Sigiloso? A todo el mundo le encantó —digo.

Sara levanta la cabeza y me mira.

—Ay, cómo extraño a Sigiloso —dice frunciendo el ceño.

Trago en seco. Dice que extraña a mi gato, pero no a mí. Quiero decir, ya sé que Sara fue con mi familia y conmigo a adoptar a Sigiloso al refugio de animales y que le tiene mucho cariño, pero también podría haber dicho algo de mí. Vamos, ¡nos conocemos desde kindergarten!

Sin embargo, pienso que esta conversación es la más larga que hemos tenido desde el comienzo del semestre y estoy tan contenta que he olvidado por qué estamos en el gimnasio… hasta que oigo unos silbidos. Es Víctor. ¿Acaso no sabe hablar? ¡Tengo nombre! El Sr. Gribble y los jueces han dejado atrás a Diego y su tornado y se acercan a la mesa anterior a la mía.

—Oye, me tengo que ir, pero prométeme que no vas a guardar tu proyecto. Todo el mundo tiene que verlo. Es *magnético* —digo sonriendo—. Va a *atraer* a todo el mundo, estoy segura.

—Está bien, Allie —dice Sara poniendo los ojos en blanco, pero sin parecer molesta—. No tienes que hacerme reír.

Ya sé que me estoy arriesgando demasiado, pero lo intento de todas formas.

—Después de la feria mi familia y yo vamos a Tacos Cósmicos a celebrar. ¿Quieres venir con nosotros? —pregunto.

Sara hace un chasquido con dos imanes.

—¿A celebrar qué? —dice.

Me da un vuelco el estómago. Debería ganar el primer premio por idiota.

—Bueno, no es que vaya a ganar, pero en caso de que suceda, mamá y papá me prometieron tacos. Aunque es muy posible que no gane. Es solo Tacos Cósmicos. Nada del otro mundo.

—Seguro, le preguntaré a mis papás cuando lleguen —dice Sara sonriendo y sacando su proyecto—. Buena suerte, Allie.

—Genial. Va a ser divertido —digo—. Nos vemos más tarde.

Y entonces salgo corriendo a mi mesa sintiéndome como Junko Tabei en la cima del monte Everest.

CAPÍTULO 2

Llego a tiempo a mi mesa. El Sr. Gribble y los jueces todavía están en la mesa de Ethan dando vueltas alrededor de su proyecto asqueroso de pan con moho. Cómo mi supervolcán terminó al lado de un proyecto de pan con moho verde negruzco y con pelos es algo que nunca lo sabré.

—¡Hola, Chica Volcán! —Víctor corre hacia mí como el perro de mi vecino. Excepto que él no es tan lindo y cariñoso—. Tu volcán es ahora cien veces más épico.

—Ahora no, Víctor —digo, haciéndole un gesto de que no me moleste. Y entonces me doy cuenta—. ¿Qué dijiste?

Hay pequeños pegotes de baba verde en mi mesa. Víctor sonríe de oreja a oreja. Quisiera estrangularlo, pero el Sr. Gribble y los jueces están de pronto frente a mí.

—Srta. Alyssa Velasco —dice el Sr. Gribble—. Su volcán es impresionante.

El tono de su voz hace que me arregle la bata blanca de laboratorio. Llegó la hora. Esta es mi oportunidad de impresionar. La Sra. Wendy y los otros jueces se amontonan alrededor de la mesa y tocan el volcán.

—Háblanos de tu proyecto —añade el Sr. Gribble.

—¡Por supuesto! —respondo.

Miro a Víctor y con un movimiento rápido limpio los pegotes de baba verde y los lanzo en su dirección. Estoy segura de que Víctor no fue quien dejó los pegotes cerca de mi espectacular volcán. No puede ser tan tonto, ¿o sí? Trato de calmarme. Eso fue todo. El peligro ha pasado.

—Estimados jueces… —digo moviendo las manos como si fuera el conductor de una orquesta. Había practicado los gestos que usaría en la presentación la noche anterior porque mi hermana mayor Adriana siempre hace gestos con las manos en las competencias de debate—. El volcán que tienen delante es una réplica del Volcán de Fuego de Guatemala. Y como el Volcán de Fuego, el mío está esperando pacientemente por los elementos naturales adecuados para soltar sus gases y su veneno destructivo. Por favor, sepárense un poco.

Añado la mezcla que había preparado de detergente y bicarbonato. Cuando levanto la cabeza, veo que Sara y otros estudiantes se han acercado.

—Jueces, he traído gafas protectoras para ustedes —digo pasando las gafas mientras los jueces sonríen—. No tengo suficientes para todos, así que observen bajo su propio riesgo.

Los ojos de los presentes se han agrandado, así que hablo lentamente para hacer más dramática la presentación. Es un truco que aprendí de mi hermana Ava, quien dice ser actriz, pero realmente es una histérica.

—Aunque no las sintamos, la capa exterior de la Tierra está compuesta de placas que siempre están en movimiento… —Añado varias gotas de colorante rojo al vinagre—. En estos momentos, las placas se desplazan lentamente bajo nuestros pies. Y, algunas veces, las placas chocan y ¡BUUM!

El Sr. Gribble salta y mis compañeros de clase ríen. El jefe del departamento de ciencias se acomoda las gafas.

—Por favor, Alyssa, continúa —dice.

—El choque hace que el magma dentro del volcán suba y salga a través de la boca del volcán violentamente, de esta manera… —Echo el vinagre—. Esperen —digo. Pienso que

15

ya debería estar haciendo efervescencia. Echo un poco más de vinagre—. Échense hacia atrás.

Pero no ocurre nada. Echo un poco más de bicarbonato. Nada. Miro dentro de la boca del volcán. ¿Qué pasa? Burbujea, por favor. ¡Acaba de entrar en erupción!

El Sr. Gribble da un golpecito con la pluma en el sujetapapeles y en mi cabeza el golpe suena como un tambor. Mientras escribe unas cuantas notas, escucho cada arañazo de la pluma en el papel. Mis compañeros suspiran y se van a la mesa de Víctor. Me llevo las manos a las orejas para asegurarme de que no está saliendo lava por ellas.

—No sé qué pasó —balbuceo.

La Sra. Wendy se me acerca.

—No te preocupes, Alyssa. Fue una buena presentación —dice dándome palmaditas en la espalda, y luego se dirige hacia el proyecto de baba verde.

—¿Acaso no quieren hacer ninguna pregunta sobre los volcanes inactivos? —pregunto a los jueces, que ya me han dado la espalda.

—No, gracias —dice el Sr. Gribble sin mirar atrás.

¿Qué ha pasado?

—¿Estás bien, Allie? —pregunta Sara.

—No comprendo —murmuro—. Eché suficiente bicarbonato y vinagre como para que entrara en erupción una docena de volcanes. —Intento recordar cada uno de mis pasos—. Sabes, cuando volví de hablar contigo, Víctor dijo que mi volcán era ahora cien veces más épico. Y había pegotes verdes en la mesa…

Sara alza las cejas.

—Eso no suena bien.

—No pensé que pudiera haber…

Tomo una cuchara plástica larga de mi mochila y la introduzco por la boca del volcán. Cuando la saco, hay rastros de bicarbonato mezclados con detergente. Nada sospechoso. Debió haber entrado en erupción.

Víctor está en medio de su presentación acerca de cómo mezclar químicos para crear bla, bla, bla. Unos segundos después, todos exclaman admirados por la baba verde. Mi volcán debió haber explotado. Todos debían estar admirando *mi* proyecto de ciencias, ¡no el suyo!

La única manera de saber qué salió mal es ver qué hay dentro del volcán. Entierro las uñas en la plastilina y trato de arrancar un pedazo, pero está muy dura. Tengo que admitirlo, hice un excelente trabajo con la plastilina. Ahora mismo me sería muy útil el pico de Junko Tabei.

—Tengo que saber qué salió mal —digo, e inclino hacia delante la plataforma de madera sobre la que está mi volcán.

—¿Qué haces, Allie? —pregunta Sara.

Pegotes de baba verde, vinagre, bicarbonato y detergente se deslizan de mi volcán hacia la mesa y el piso. Recojo un pegote de baba verde. Mis ingredientes perfectamente medidos se debieron haber mezclado y convertido en una lava espectacular. En su lugar, lo que tengo delante parece una escena de una vieja película de ciencia ficción. La baba verde ha matado a mi volcán. Mi oportunidad de ganar la feria de ciencias de Sendak se ha evaporado.

CAPÍTULO 3

—Allie, eso fue lo que traté de decirte —dice Víctor—. Pensé que sería genial que además de lava también saliese baba verde. Nunca pensé que arruinaría tu volcán.

—Claro, porque eso es lo lógico. ¡Un volcán que lanza baba verde! —digo furiosa—. ¡Acaba de admitir que lo saboteó!

Señalo a Víctor y miro al Sr. Gribble y a la Sra. Wendy para que lo castiguen. Ambos niegan con la cabeza sin poder creer lo que acaban de escuchar. Víctor da un paso atrás.

—Víctor, ¿por qué tocaste el proyecto de otro estudiante? —pregunta la Sra. Wendy demasiado amablemente.

En mi opinión, tendría que estar furiosa. Yo estoy furiosa. Este es el momento de estar furiosa.

—No pensé que hacía nada malo. Pensé que sería genial. Pensé que te gustaría, Allie —dice Víctor.

—¿Que me gustaría? ¿Crees que a Junko Tabei le hubiera gustado una avalancha mientras escalaba el monte Everest?

—¿Junko qué?

—No te hagas el tonto, Víctor —digo mirándolo fijamente.

En ese momento, las puertas del gimnasio se abren y comienzan a llegar padres y estudiantes.

—Tú me ayudaste con mi proyecto. Le echaste más agua a la baba verde, y yo también quería ayudarte.

—¿Le echaste más agua a su proyecto? —pregunta la Sra. Wendy.

El tono en que lo dice me recuerda las luces del tráfico que advierten a los choferes que deben proceder con precaución. Esta es una pregunta de luz amarilla.

—Solo un poquito —digo encogiéndome de hombros—. Cuando Víctor fue al baño.

—Está bien, chicos —dice el Sr. Gribble aplacándonos con las manos—. Los padres ya están aquí y cierro oficialmente la competencia de la feria de ciencias. Creo que ya hemos visto y escuchado todo lo que teníamos que escuchar. —Se voltea hacia Víctor—. Víctor, quedas descalificado. Recoge tus cosas —añade.

Víctor baja la cabeza. No siento ni una gota de pena por él.

—¿Y yo? —pregunto.

El Sr. Gribble mira hacia mi volcán sobre la mesa empapada.

—Allie, ponte a limpiar —dice.

—¿Qué? El volcán habría entrado en erupción si Baba Verde García no lo hubiese saboteado.

—Pero, Allie… —comienza a decir la Sra. Wendy—. Tú abandonaste tu mesa, ¿no es cierto?

—Bueno, sí, pero solo por un momento para animar a Sara. Estaba muy triste —digo pensando que de ninguna manera podrán culparme por eso—. Solo me alejé un minuto. Regresé antes de que ustedes se dieran cuenta.

La Sra. Wendy mira hacia la mesa de Sara. Sus padres han llegado y ella les sonríe mientras les muestra sus imanes.

—A mí me parece que se ve bien —dice la Sra. Wendy.

—Seguro, *ahora* está bien, pero debió verla antes —digo.

—Lo siento, Allie, pero debiste quedarte en tu mesa como te indicaron. Víctor no hubiese tenido la oportunidad de sabotear tu proyecto —dice el Sr. Gribble mientras yo me sonrojo—. Tu volcán hubiese funcionado como debería. No estás descalificada, pero has perdido muchos puntos. Espero que te sirva de lección —concluye el Sr. Gribble.

—Pero Sara estaba recogiendo su proyecto…

El Sr. Gribble y los jueces se dirigen al pódium y a la mesa de los trofeos. Los veo sentarse e intercambiar notas.

—¿Ves lo que hiciste, Víctor? —digo mientras saco papel toalla de mi mochila—. Están eligiendo el mejor proyecto, que debió ser el mío.

—Ya te pedí disculpas…

—No me hables —murmuro.

Víctor está recogiendo sus cosas y poniéndolas dentro de una caja cuando llega su familia. Se trata de una típica familia García: mamá, papá, abuelos y cuatro hermanos y hermanas que saltan alrededor de Víctor como si fuera el camión del helado. Su papá lleva jeans bien planchados, camisa negra, botas de vaquero y sombrero. Toma unos pegotes de baba verde, se ríe y le da unas palmaditas a Víctor en la espalda.

—Mi hijo, ¡el futuro científico! —dice orgulloso.

Víctor baja la cabeza y me siento un poco mal.

—Me falta muchísimo para llegar a ser un científico —dice.

Escucho a Víctor contar lo sucedido y mencionar mi nombre. La voz de su papá de pronto se vuelve grave. Le habla a Víctor seriamente. Cuando se dan cuenta de que los estoy mirando, todos hacen silencio y me miran con ojos tristes como pidiendo perdón. Les doy la espalda y me concentro en limpiar lo mejor posible el vinagre y el bicarbonato que hay en la mesa.

—¿Allie? —Víctor se acerca a mí con las manos en los bolsillos de su bata. Su familia lo sigue—. Ya nos vamos. Pero antes te quería decir que lo siento mucho. Me siento muy mal.

Toda la familia asiente apenada. Hace solo unos minutos estaban riendo, jugando con la baba verde, llamando a Víctor "el científico". Estaban tan orgullosos. Ahora no parecen estarlo tanto. Siento un tenue dolor en el pecho.

—Mi hijo está muy arrepentido —dice la mamá de Víctor dándome un abrazo.

Entonces, toma una toalla de papel de mi mano y se pone a limpiar el vinagre que cayó en el suelo. Luego la abuela de Víctor me abraza y me quita pegotes de plastilina y baba verde que tengo en la bata de laboratorio. El abuelo de Víctor también se disculpa. Su sonrisa me recuerda a mi bisabuelo. Ojalá estuviera aquí ahora mismo. De ser así, me pasaría el brazo por los hombros y me diría que todo iba a salir bien.

Cuando creo que los abrazos han terminado, los hermanos de Víctor me caen encima y me abrazan también. Su hermanita de dos o tres años me dice que soy bonita. Finalmente, el padre de Víctor los aparta con el sombrero.

—Por favor, disculpa a nuestro hijo por arruinar tu proyecto —dice—. Trabajaste muy duro. Nosotros no lo criamos para que hiciera algo así. Lo siento mucho.

Me muerdo el labio. Sé que debería sonreír y decir que perdono a Víctor, pero me resulta difícil hacerlo. ¿Acaso yo no cuento? Era mi oportunidad de ganar. Era mi oportunidad de dejar un legado en la escuela antes de graduarme. Lanzo una mirada hacia la mesa donde están los trofeos y luego miro a Víctor. Se ha quitado la bata de laboratorio y la lleva en la mano.

Leí en internet que Junko casi muere cuando escaló el monte Everest. Mientras acampaban, ella y sus guías fueron sorprendidos por una avalancha. Aunque quedaron enterrados en la nieve, lograron sobrevivir y, unos días después, Junko llegó a la cima del Everest. Pienso en lo que Junko haría en un momento como el que estoy viviendo. Por todo lo que he leído sobre ella parece ser una persona humilde, generosa y decidida. Junko encontraría otra manera de llegar a la cima.

—No te preocupes, Víctor —digo finalmente.

Entonces, comienzan de nuevo los abrazos. Víctor está sonriendo y su papá le da palmaditas en la cabeza.

—¿Ves? Es una buena chica. Te perdona. Tienes suerte —dice su papá.

Y eso me hace sonreír.

—Gracias, Allie —dice Víctor.

Nos damos la mano. Víctor y su familia se marchan armando tanto alboroto como cuando llegaron. Cuando se van, llegan mis padres y mis tres hermanos.

Mientras más se acercan a mi mesa, más me sudan las manos. Me las limpio en la bata de laboratorio, pero no me sirve de nada. Debería de haber sido la primera Velasco en ganar la feria de ciencias de Sendak. Cuando se paran frente a lo que queda de mi volcán, se quedan boquiabiertos. Hasta Adriana, mi hermana favorita, no puede esconder su desilusión. Aiden silba como si hubiese lanzado un torpedo y yo fuera su objetivo. En lugar de una explosión, escucho a Ava que da un paso al frente en su uniforme morado de fútbol y niega con la cabeza.

—Tal parece que no habrá cena de celebración esta noche —dice.

CAPÍTULO 4

En nuestra sala tenemos una estantería llena de placas, grandes trofeos dorados y un montón de medallas plateadas y doradas con cintas de colores que mi familia ha ganado. Es la estantería de los trofeos.

El trofeo más grande le pertenece a Adriana por haber ganado la competencia nacional de debate el año pasado. Mi hermana viajó hasta Miami para participar en la competencia y pasó todos los niveles hasta ganarle al último de los contrincantes, y yo sentí que se me ponía la carne de gallina cuando alzó el trofeo bien alto sobre su cabeza. Lo sostuvo tan alto como Sara sostiene ahora su trofeo por haber ganado el primer lugar en la feria de ciencias. Ganó con su proyecto de imanes. Los padres, maestros y estudiantes no paran de aplaudir.

Aunque mis padres han decidido abandonarme e ir a pararse junto a los padres de Sara, Adriana continúa a mi lado. Me pasa un brazo por los hombros y me da un apretón.

—Trata de alegrarte por Sara —susurra.

En ese momento me doy cuenta de que tengo los brazos cruzados y estoy haciendo pucheros. Ava y Aiden están en las gradas del gimnasio con sus celulares en las manos enviando mensajes de texto y riendo a carcajadas. Lo mismo de siempre. Cuando se da cuenta de que la estoy mirando, Ava me saca la lengua como el reptil de ocho años que es.

—Ignórala —dice Adriana poniendo los ojos en blanco—. La acaban de contratar para hacer otro comercial. Lo supimos antes de venir. Ha estado insoportable desde entonces. Más que lo usual.

—¿Otro comercial? —pregunto.

Ava hace comerciales para un concesionario de autos usados. El dueño del concesionario usa un sombrero mexicano en los comerciales y grita cosas como "¡Sin cuota inicial!" y "¡Esta ganga no durará mucho tiempo!". Al final de cada comercial, mira a la cámara y dice: "¿Comprarás tu próximo auto en el Concesionario de Autos Sifuentes?". Y ahí entra Ava. La cámara la enfoca y allí está ella con un vestido rosado y una sonrisa rosada sentada en un convertible rosado. Entonces, mi hermanita alza el puño y grita: "¡Sifuentes sí es el concesionario de autos para ti!" Ava ha estado haciendo comerciales para el Sr. Sifuentes desde que tenía cuatro años. Cuando estamos en el supermercado o en los juegos de fútbol de Aiden, la gente se le acerca para adularla. Le dicen lo linda que es y que llegará a ser una gran estrella de cine algún día.

—Esta vez hará los comerciales del nuevo parque acuático. Parte del contrato incluye entradas gratis cada vez que quiera —dice Adriana, y suspira.

—¿Entradas gratis? —chillo.

Me encantaría tener entradas gratis para el nuevo parque acuático. Me pregunto si las entradas serán también para los familiares. Eso espero.

—Tenemos que estar contentas por... —En ese momento suena el celular de Adriana. Lee el mensaje de texto que acaba de recibir y alza la cabeza para mirar a Ava y a Aiden. Me inclino para leer el mensaje y logro ver mi nombre y la palabra "perdedora" antes de que Adriana lo borre—. No era nada importante. Como te digo, tenemos que estar contentas por ella, aunque no se lo merezca —dice Adriana.

Estoy condenada. Mi hermana mayor se va a la universidad el próximo año. Está en su penúltimo año de secundaria y le anunció a toda la familia que solo estaba solicitando entrada a las mejores universidades del país, lo que hizo que se me pusiera la carne de gallina. Adriana será la primera de la familia en ir a una universidad famosa mientras yo me quedaré en casa soportando a Aiden y Ava.

—Anímate, vamos a felicitar a Sara —dice Adriana, y me toma del brazo.

Camino pensando en lo que le diré a Sara. No quiero sonar como una perdedora. Necesito parecer contenta, como si el hecho de haber perdido no me molestara. Debo estar contenta por ella. De hecho, ahora mismo me vendría muy bien saber actuar como Ava.

Cuando llegamos a donde está mi ex amiga, sus padres me abrazan.

—Allie, ¡ya nunca te vemos! —exclama su mamá abrazándome.

Me gustaría decirle que Sara casi no me habla, pero simplemente sonrío. La Sra. López me pasa la mano por el pelo.

—Me encanta tu cola de caballo —añade.

—Gracias, Sra. López.

—Sara nos contó lo que pasó con tu volcán. Qué pena —dice el Sr. López.

—Oh —digo. Estoy impresionada de la rapidez con la que Sara les hizo el cuento. Seguramente envió mensajes de texto a toda la escuela. En Sendak, los chismes no se riegan como la lava sino que azotan como tornados. Por desgracia, eso siempre se me olvida—. Está bien. Me alegra que Sara haya ganado —añado.

—Eres una buena amiga —dice la Sra. López.

—Una en un millón. Pero se exige demasiado —dice mi papá halándome la cola de caballo, algo que me molesta.

Los padres de Sara me miran amablemente y yo quisiera esconderme debajo de la mesa que está más cerca.

—Pero como dice Bon Jovi en la canción "No importa si triunfamos o no. Nos tenemos uno al otro y eso basta para el amor" —añade mi papá.

Mi papá siempre está citando canciones de los ochenta. El Sr. y la Sra. López se ríen, pero preferiría que no lo hicieran. Solo consiguen alentarlo.

—Eso no es cierto —murmuro.

Antes de que mi papá pueda responder con alguna letra de una canción, escapo hacia donde está Sara conversando con algunos de nuestros compañeros. Tiene el trofeo de primer lugar debajo del brazo. Si fuera mi trofeo, no lo tendría en el sobaco. Lo limpiaría todas las noches. El trofeo sería el más brillante en la estantería de trofeos de mi familia.

Cuando Sara me ve, me hala para que me pare a su lado.

—Allie, ¿qué pasó? ¿Van a castigar a Víctor? —pregunta y luego mira a los otros estudiantes—: Víctor saboteó su volcán —dice, y todos mueven la cabeza incrédulos—. Debería ser expulsado de la escuela.

La reacción de Sara me toma por sorpresa. Fue mi proyecto el que se arruinó, no el suyo. Ella ganó. ¿Por qué le molesta tanto? ¿Acaso siente que tiene que defenderme? Esa es una buena señal de que volvemos a ser amigas. Aunque va demasiado lejos al decir que Víctor debería ser expulsado de la escuela.

—Se disculpó —respondo—. De hecho, toda su familia se disculpó. Fueron tan agradables...

—Vi a su familia cuando llegó —dice Hayley.

No la había visto hasta ese momento, pero por supuesto está presente. En los últimos meses, ella y Sara son inseparables. Hayley se echa el pelo hacia atrás.

—Estaban vestidos como si fueran a un rodeo en lugar de a una feria de ciencias. ¿Vieron el sombrero y las botas que llevaba su papá? —dice Hayley poniéndose a bailar como si realmente estuviera en un rodeo—. ¡Estamos aquí para enlazar la baba verde!

Todos se echan a reír, incluso Sara, lo que me asombra. ¿Por qué se ríe de eso? Ni siquiera fue cómico.

—Bueno, ya pasó. Me alegro por ti, Sara —digo tratando de cambiar el tema. La conversación me ha hecho sentir incómoda—. Felicitaciones.

Adriana se acerca y me pasa el brazo por los hombros.

—Despídete. Mamá y papá se quieren ir —dice.

A mis compañeros de clase les brillan los ojos de admiración. Mi hermana es para ellos como una estrella de rock. Hasta Hayley da un paso atrás. Esto hace que me sienta mejor. Cuando Adriana era estudiante de Sendak, ganó el premio del alcalde por el programa de tutoría "Es tarea de todos", que ella fundó. Usualmente ese premio se lo dan a estudiantes de la escuela intermedia o de secundaria, pero ella lo ganó en su último año en Sendak. Y como si no fuera suficiente, es tan bonita como una modelo de revistas. Su foto, junto con la de otros estudiantes sobresalientes de Sendak, está en una pared de la oficina de la escuela.

—¿Todavía vamos a Tacos Cósmicos? —pregunto.

—¡Por supuesto! —dice Adriana sonriendo.

—Sara… —comienzo a decir. Hayley toma a Sara por el brazo y la hala para que se pegue a ella como si fueran dos imanes. Me quedo congelada—. ¿Todavía quieres ir a comer tacos? —pregunto tímidamente.

—Oh, pensé que ya no iban —dice Sara fríamente—. Hayley me invitó a comer pizza y como no ganaste… Quiero decir… Lo siento, pensé que ya no irían a Tacos Cósmicos a celebrar. Me voy con la familia de Hayley.

¡Ay! ¿Podría suceder algo peor? Quiero responder, pero si lo hago me voy a echar a llorar.

—Gracias de todas maneras —dice Sara.

Miro a Adriana para que me dé fuerzas.

—No hay problema —dice Adriana con una gran sonrisa—. Iremos todos otro día.

Adriana me toma del brazo y nos vamos a toda velocidad. Adriana debería usar una capa. Se pasa todo el tiempo salvándome.

CAPÍTULO 5

Salimos a cenar, pero no vamos a Tacos Cósmicos. Como no gané la feria de ciencias, Ava hizo una reservación en su restaurante italiano favorito. Y mis padres siempre complacen a la futura estrella de cine, Ava Velasco. Después de todo, algún día será famosa. Más famosa que nuestro bisabuelo. Más famosa de lo que yo soñaría llegar a ser.

Cuando nos sentamos a la mesa, Adriana se sienta junto a mí y aparta el menú.

—Mami y papi, no creo que esto sea justo con Allie. Así que a manera de protesta solo tomaré un vaso de agua —dice.

Trago en seco. Por supuesto que quería ir a cenar a Tacos Cósmicos más que a ningún otro lugar, pero espero que eso no signifique que debo negarme a comer. Hoy ha sido un día fatal. Además, estoy muerta de hambre y no puedo resistir la tentación de comer panecillos con queso derretido.

—No te pongas así, Adriana. Habíamos quedado en que si Allie ganaba iríamos a Tacos Cósmicos a celebrar, pero no fue así, y Ava quería comida italiana —dice mi papá abriendo un menú sin prestarle mucha atención a la mirada fría de Adriana.

El mesero trae vasos de agua y una cesta llena de panecillos con queso.

—Les dije a todos, incluso a Sara, que iríamos a Tacos Cósmicos —digo casi a punto de llorar.

Aiden levanta los ojos de su celular.

—¿Alguien pidió lágrimas de cocodrilo? —pregunta.

Me encojo en el asiento. ¿Para qué abrí la boca?

—Oye, ¡cuidado con lo que dices! —dice Adriana apuntando a Aiden con un tenedor.

Desde que Aiden entró a formar parte del equipo estelar de fútbol de la ciudad este año, se ha vuelto un engreído. Es el miembro más joven del equipo y tiene el anuncio de su nombramiento en una pared de su habitación rodeado de carteles de sus jugadores de fútbol favoritos. Estoy segura de que algún día su cartel estará en la habitación de algún niño. Así de bueno es mi hermano jugando fútbol.

Mami mira severamente a Aiden y después me mira a mí.

—Allie, Osita Linda —dice sonriéndome y usando el apodo que ella y mi papá tienen para mí—. El mundo no puede girar alrededor tuyo…

Me derrito cuando mi mamá me sonríe, y yo no soy la única. Su sonrisa es la razón por la que es la presentadora de noticias número uno de Kansas City. Sin embargo, me muerdo el labio inferior y trato de recordar si alguna vez hubo un día dedicado completamente a mí. ¿Quizás el día en que nací?

—Ya sabes que Ava firmó hoy un nuevo contrato para un comercial. Y eso es algo estupendo —añade mi mamá guiñándole un ojo a Ava—. Tú eres su hermana mayor. Tú comprendes. Además, ¿qué importa dónde cenamos? A ti te encanta Jardines Italianos —concluye tomando la cesta de panecillos y pasándosela a Aiden.

Ni tan siquiera soy la primera en probarlos. Cada momento de este día se pone peor.

—Pero, ¿qué les costaba? —dice Adriana dando un golpe en la mesa con el puño—. Se lo prometieron anoche durante la cena. Todos estábamos allí. Tú y papá dijeron que…

—Adriana, por favor —dice mi mamá alzando la mano—. No estamos en una competencia de debate.

—Ay, por favor, ya —dice Adriana.

—Ya —repito como si fuera un papagayo, porque eso es todo lo que puedo decir.

—Si Adriana no va a comer, ¿me puedo comer su panecillo? —pregunta Aiden.

—No seas glotón —dice mi papá—. Por supuesto que Adriana va a comer. Ella no puede resistir la tentación de comer un panecillo con queso derretido, ¿o sí?

Mi papá acaba de hablarle a Adriana de la manera chistosa que siempre la hace reír, pero mi hermana no se ríe, no hoy. Adriana pone los ojos chiquiticos y lo mira como si quisiera desintegrarlo.

—No es correcto lo que han hecho, papá —dice.

—¿Ves? No se lo va a comer —dice Aiden tomando el panecillo y soltando una risita insoportable—. Necesito carbohidratos para el juego de mañana. Alguien de esta familia necesita ganar esta semana.

—¡Ah, caray! —dice Ava.

—Cuidado con lo que dices —dice mi mamá amenazadora.

—Te estás convirtiendo en un verdadero… —comienza a decirle Adriana a Aiden, pero se detiene al escuchar voces que saludan alegremente a una persona. Entonces, mira a Aiden como diciéndole que se las verá con él más tarde.

Ava y Aiden guardan sus celulares. El cambio producido en todos solo puede significar una cosa: mi bisabuelo acaba de llegar. Entra al restaurante con sus jeans de siempre, la camisa por fuera, una gorra de veterano y una chaqueta. A medida que se acerca, nos sonríe alegremente y saluda a los empleados del restaurante. Todo el mundo conoce a mi bisabuelo. Es el único veterano vivo del estado que tiene una Medalla de Honor de la Segunda Guerra Mundial. Hace un año, un director de cine local hizo un documental sobre él. Lo mostraron en los festivales de cine más famosos del país y en la mayoría de los cines de nuestra ciudad. Ahora no podemos ir a ningún sitio con mi bisabuelo sin que alguien lo reconozca. Personas desconocidas, usualmente veteranos de otras guerras, le escriben y lo invitan a tomar café. Mi bisabuelo dice que desde que salió el documental no ha tenido que volver a comprar café.

Bueno, lo cierto es que la medalla que recibió es muy importante. La ganó por tomar un nido de ametralladoras de los nazis y rescatar a un montón de soldados heridos. Sin embargo, no le enseña la medalla a nadie. Dice que la tiene guardada en una caja en el sótano de la casa. Mi mamá y mi papá le han pedido que la ponga en la estantería de los trofeos de mi casa, pero él no quiere. Mi bisabuelo rodea la mesa besándonos uno a uno.

—¿Qué pasó con Tacos Cósmicos? —pregunta cuando se sienta a la cabecera de la mesa. El mesero llena un vaso de agua y pone una nueva cesta de panecillos con queso en la mesa—. Estaba camino hacia allá cuando recibí el mensaje. Allie, ¿ya no es ese tu restaurante favorito? —pregunta mi bisabuelo.

—Vamos, papá, explícale por qué estamos aquí —dice Adriana cruzando los brazos y echando hacia atrás la silla.

—Bueno, lo que pasó fue... —mi papá se aclara la garganta—. A Allie no le fue tan bien en la feria de ciencias como esperábamos, pero la buena noticia es que Ava firmó un nuevo contrato para aparecer en un comercial, así que la dejamos escoger el restaurante.

Después de una pausa, mi bisabuelo se lleva la mano a la gorra y saluda a Ava.

—Felicitaciones, Ava —dice.

El estómago me da un vuelco. Miro la lista de platos de pasta que hay en el menú del restaurante, sabiendo que ahora sí no podré probar bocado. Ni siquiera un panecillo con queso derretido.

—Allie —me llama mi bisabuelo—. Ven aquí, *mija*.

Voy hasta donde está y le doy la cara. Esto es un millón de veces peor que encarar al Sr. Gribble. Nunca quisiera defraudar a mi bisabuelo.

—¿Qué fue lo que pasó en la feria de ciencias? ¿No te esforzaste lo suficiente? —pregunta.

—Hice todo lo que pude, Abue —digo. Probablemente debería contarle lo que pasó con la baba verde y Víctor García, pero no puedo. Sería una excusa—. Solo que no era mi día —añado.

—No era tu día, ¿eh? —Me toma las manos y me da unas palmaditas—. Bueno, yo sé un poco de eso. Ven, ayúdame a pararme. —Lo ayudo, y entonces mi abuelo dice—: Vamos.

—¿Qué? Pero si acabamos de llegar —dice mi papá—. ¿A dónde vas?

—Vamos al restaurante favorito de Allie —dice mi bisabuelo, y me aprieta la mano.

Me siento tan feliz que quiero llorar. Al instante, Adriana está parada a mi lado.

—Voy con ustedes —dice pasándome un brazo por los hombros—. ¿Ven? Abue sí entiende.

—Pero abuelo... —dice mi papá.

Abue se voltea y mira a mi papá de frente.

—Mira, si alguno de ustedes quiere acompañar a la experta en volcanes Allie, a Adriana y a mí a Tacos Cósmicos, serán bienvenidos. Vamos a celebrar el trabajo que hizo Allie para la feria de ciencias como lo prometimos. Haya ganado o no, trabajó durísimo y se merece un taco cósmico.

—Pero Abue, firmé un contrato hoy —dice Ava sacando su celular para enseñarle a mi bisabuelo una foto—. ¿Ves? Es un contrato para un comercial del nuevo parque acuático. Voy a ser tan famosa como tú.

Mi bisabuelo le sonríe dulcemente a Ava.

—Ava, estoy muy orgulloso de ti también y no dudo ni por un segundo de que llegarás a ser más famosa que yo, pero hoy tenemos que cumplirle la promesa a Allie. Dimos nuestra palabra. Y en la vida, la palabra es todo lo que uno tiene.

—Pero… Pero yo quiero raviolis —dice Ava poniendo el celular en la mesa.

—Ya yo me comí dos panecillos con queso —dice Aiden—. ¿No estaría mal que nos fuéramos ahora?

—Ustedes decidirán lo que está bien y lo que está mal, familia —dice Abue mirando a mi papá y luego se da la vuelta para salir del restaurante.

Adriana y yo lo seguimos. Paramos en el bar y mi bisabuelo le dice al dueño del restaurante que siente mucho tener que marcharse tan rápidamente. El Sr. Grimaldi no pierde un segundo. Le pide a mi bisabuelo que lo espere y se va a la cocina del restaurante. Mientras esperamos, miro hacia la mesa donde está mi familia. Mami y papi parecen confundidos. Ava y Aiden están entretenidos con sus celulares. He defraudado a mi familia, y ahora ni siquiera cenaremos juntos.

—No te preocupes, Allie —dice mi bisabuelo pasándome el brazo por los hombros—. Verás que vendrán a Tacos Cósmicos.

Me siento un poquito mejor después que dice eso. Lo rodeo con mis brazos por la cintura y lo abrazo. En la pared detrás del bar hay colgadas fotos de italoamericanos famosos. Esta es la primera vez que tengo la oportunidad de observar las fotos. La mayoría son de peloteros, pero también hay cantantes famosos y actores que he escuchado mencionar a mi bisabuelo. Un boxeador sujeta un cinturón de campeón. Una actriz muy hermosa sostiene un trofeo. Un cantante famoso tiene en la mano un micrófono. Quizás es como yo, y nunca ha ganado un trofeo.

—Abue, ¿ganó algún trofeo el cantante que está en la foto? —pregunto.

—¿El de los ojos azules? —dice mi bisabuelo sonriendo—. Ese tipo era un fenómeno. Ganó premios por cantar y actuar.

Mi bisabuelo comienza a tararear una canción que nunca he escuchado y me hace girar. Pienso que debe de ser genial ser tan admirado que un restaurante llegue a colgar una foto tuya en la pared. ¿Acaso alguna vez alguien colgará una foto mía en una biblioteca, en un salón de clases o en la pared de un restaurante?

Cuando regresa el Sr. Grimaldi, le da a mi bisabuelo una caja con una porción de tiramisú.

—Es siempre un honor tenerlo en nuestro restaurante —dice—. Lo esperamos pronto.

Dentro del auto de mi bisabuelo sostengo la caja con el tiramisú sobre el regazo. Es una caja plástica transparente atada con una cinta roja. ¿Qué tendría que hacer yo para que me den tiramisú gratis en una caja tan linda? Mi bisabuelo tuvo que luchar en la guerra y salvar vidas. De ninguna manera puedo competir con eso.

Sin embargo, pienso que de haber ganado hoy, me sentiría totalmente diferente. Todos estaríamos felices en Tacos Cósmicos... y hasta Sara hubiera ido con nosotros. El trofeo de la feria de ciencias estaría en el centro de la mesa y por fin estaríamos hablando sobre mi legado en Sendak.

A medida que nos alejamos, miro atrás, hacia Jardines Italianos. Mis padres, Ava y Aiden caminan cabizbajos hacia el auto. Se reunirán con nosotros en Tacos Cósmicos, como dijo mi bisabuelo que harían, pero no lo harán por mí.

CAPÍTULO 6

Somos clientes habituales de Tacos Cósmicos, así que en cuanto entramos por la puerta de color turquesa brillante, César, nuestro mesero favorito, nos sienta en nuestra mesa especial. La mesa es una cabina y está en un rincón del restaurante, pero lo que la hace especial es que justo al lado, en la pared, hay una pequeña máquina de discos muy vieja que toca canciones mexicanas. A mi bisabuelo le encanta.

—¿Y el resto de la familia? —pregunta César pasando el menú, lo cual es innecesario porque lo sabemos de memoria.

—Están en camino —dice Abue con una sonrisa.

César se va a buscar una jarra de horchata, una bebida con sabor a canela que se hace a base de leche y arroz. Es mi favorita. Abue busca en su billetera y le da a Adriana varios billetes para que los ponga en la máquina de discos.

—¿Chente? —pregunta Adriana, usando el apodo de Vicente Fernández, el famoso cantante mexicano.

Mi bisabuelo cierra los ojos como si estuviera tratando de decidir qué canción elegir.

—En honor a las mujeres jóvenes y fuertes, escuchemos a Lola Beltrán —dice.

—Lo que tú digas —dice Adriana poniendo los billetes en la máquina y seleccionando las canciones favoritas de nuestro bisabuelo.

La primera canción es "Cucurrucucú paloma". Es una canción triste acerca de un amor imposible, pero ni entristece a mi bisabuelo ni a mi hermana. Entre sorbo y sorbo de horchata, se sonríen y cantan juntos "Ay, ay, ay, ay, ay, cantaba".

A mi bisabuelo le gusta este restaurante tanto como a mí porque todo en el lugar respira vida e historia. En una pared hay pintado un mural con las estrellas más famosas del cine mexicano de los años treinta y cuarenta. Están sentadas a una mesa larga y llevan trajes y vestidos de noche mientras comen tacos. La glamurosa María Félix está junto a Dolores del Río, y cada una sostiene un taco suave en sus enguantadas manos. Cantinflas, el cómico legendario, tiene un taco crujiente en una mano mientras Anthony Quinn tiene un taco frito en su plato. Entre las estrellas de cine mexicanas, la voz de Lola sonando y el aroma que sale de la cocina, el restaurante me transporta a otro mundo. Un mundo donde los volcanes no se arruinan con baba verde, las buenas amigas no dejan de hablarte y hay un trofeo en la estantería con mi nombre.

Mi bisabuelo le pide a César que traiga una ración grande de tortillas y guacamole.

—Si Aiden y Ava encuentran guacamole en la mesa cuando lleguen, no estarán molestos por mucho tiempo, ¿no les parece? —pregunta.

—Bien pensado —dice Adriana guiñándole un ojo.

De pronto, mi bisabuelo empieza a toser. Adriana le acerca una servilleta. El cuerpo de Abue se estremece mientras tose. Ha estado teniendo esas rachas de tos últimamente. Cada vez que comienzan, le doy la espalda. Me da vergüenza no ser como Adriana y tratar de ayudarlo. Pero cuando tose tan duro me cuesta mucho mirarlo. Me da miedo y me congelo. César se apura en llegar a la mesa, preocupado. Mi bisabuelo se repone un poco y se lo agradece. Luego me sonríe un poquito y yo suelto el aire que tenía aguantado.

—Abue, ¿has ido al médico? —pregunto.

—Muchas veces, pero no hay nada que puedan hacer cuando uno está tan viejo —dice.

—Tú no eres tan viejo —dice Adriana.

—Mi corazón es joven, pero mis pulmones y mis huesos ya tienen noventa y un años —dice estirando los brazos y dándonos palmaditas en las manos—. Tengo mucha suerte de tener a dos chicas tan dulces como ustedes que se preocupan por mí, pero les aseguro que estoy bien. —Se echa hacia atrás en la cabina—. Cuando yo tenía su edad no era tan dulce.

—A mi edad estabas en Europa peleando en la guerra y salvando vidas. Yo todavía no he salvado a nadie —dice Adriana negando con la cabeza.

Mi bisabuelo hace una mueca.

—Eso no es verdad, *mija*. Lo que haces en el programa de tutoría es importante. Estás salvando vidas al darles a esos niños la oportunidad de tener un futuro mejor.

—Así mismo —digo.

El programa de tutoría que Adriana fundó cuando estaba en la Primaria Sendak ayuda a niños que no pueden pagar tutores privados a recibir la ayuda que necesitan en la escuela. Adriana aún supervisa el programa, aunque ahora hay empleados y voluntarios que realizan el trabajo.

—Quizás… —dice Adriana.

César se acerca y pone una cesta con tortillas y guacamole frente a Adriana.

—Pero aun así no soy un héroe como tú, Abue —añade mi hermana.

—Si fuera por mí —dice mi bisabuelo—, los productores del documental lo habrían hecho sobre ustedes dos y no sobre mí.

—Un documental sobre mí sería sumamente aburrido —digo—. No he ganado nada ni he hecho nada importante.

—Tú eres una hermana menor maravillosa. Eso es algo —dice Adriana.

Le sonrío porque es agradable escucharlo, pero no tanto como quisiera.

—Eres tan joven, *mija*. Recién estás abriéndote camino en el mundo. Ten paciencia —dice Abue.

—Pero Adriana y Aiden ganaron premios y becas en primaria cuando tenían mi edad. Ava ya es una leyenda en Sendak y es un año menor que yo. Es como si todo el mundo en esta familia estuviera camino a alcanzar la cima del monte Everest mientras yo estoy en el campamento de la base. Y si la feria de ciencias es una señal de cómo será el resto de mi vida, déjenme decirles que será un desastre.

—¿Qué fue lo que pasó? —pregunta Adriana.

—Estaba en mi mesa con mi increíble volcán cuando vi que Sara estaba triste y se disponía a recoger su proyecto. Así que abandoné mi mesa por un minuto. —Adriana alza las cejas asombrada—. Ya sé. Nunca debí dejar solo el volcán. ¿En qué estaba pensando?

—¿Fuiste a animar a Sara? —pregunta Adriana.

Me muerdo el labio. Es lo que hago siempre que me siento avergonzada.

—Eso estuvo bien, Allie. Eso es ser buena amiga —añade Adriana.

—Sí, excepto que no fui la ganadora de la feria de ciencias porque uno de mis compañeros... bueno, el asunto es complicado —digo.

—Fuiste a tratar de alegrar a una amiga, de ayudarla. Me siento orgulloso de ti —dice Abue.

—Yo también —dice Adriana.

—Ustedes no entienden. A causa de eso no gané. Una vez más no tengo nada que poner en la estantería de los trofeos.

—*Mija*, las mejores recompensas no caben en un estante —dice mi bisabuelo.

—Ustedes siempre dicen eso —digo desanimada—, pero estoy cansada de que todos los demás ganen trofeos, medallas y cosas brillantes. A Sara ni tan siquiera le importa. Ganó, recibió su trofeo y se fue con Hayley a comer pizza.

Y hablando de cosas brillantes, en ese mismo momento se abre la puerta de Tacos Cósmicos y entra el resto de mi familia. Abue dijo que vendrían y tuvo razón.

Aiden se mete en la cabina sentándose al lado de Abue. Ava se acomoda a mi lado. Me sonríe, toma una tortilla de la cesta y la hunde en el guacamole.

—Qué rico —dice.

—Me alegra tanto que estén aquí —digo.

Sueno como una tonta, pero no me importa. Me preocupaba que Aiden y Ava fueran a comportarse como unos idiotas, pero están concentrados en las tortillas y el guacamole.

—Estamos contentos de estar aquí, Osita Linda —dice mi papá.

Mi mamá se inclina y me pellizca la mejilla antes de acomodarse en la cabina. Mi papá se sienta junto a Aiden y le da un codazo.

—¿Qué acordamos en el auto? —dice.

Aiden pone de vuelta en la cesta la tortilla que iba camino a su boca.

—Ah, sí…

Aiden y Ava intercambian una mirada.

—Está bien —dice Ava—. Yo iré primero.

Se da vuelta hacia mí en el asiento y se muerde el labio como si fuera a decir algo realmente doloroso. Es una gran actriz.

—Allie, siento haber sido cruel contigo. Te voy a respetar como papá dice que debo hacerlo porque tú eres mayor que yo. A las personas mayores hay que respetarlas.

—Está bien, Ava —digo—. Pero por si no lo sabes, solo soy mayor que tú catorce meses.

—Siento haber hecho el comentario que hice sobre la competencia —dice Aiden—. Fue un golpe bajo. Tú eres mi hermana menor y te esfuerzas muchísimo, así que debería apoyarte más.

—Vaya. Gracias, Aiden.

—Bravo —dice mi bisabuelo inclinando su vaso de horchata como si fuera a brindar—. Bien dicho.

—¿Ven? Ahora todos estamos contentos. A comer —dice mi mamá.

César se acerca y nos pregunta si estamos listos para pedir.

—Sí, tengo un hambre de lobo —dice mi papá, y todos nos quejamos porque una vez que empieza a citar canciones de los años ochenta, no tiene para cuándo parar.

Pero eso no me importa hoy. Estamos juntos comiendo tortillas con guacamole y el fiasco de la feria de ciencias ha quedado atrás.

—Ava y Allie, mis estrellas —dice Abue—. ¿Ven esa actriz de cine detrás de ustedes?

Nos volteamos hacia el mural donde una joven actriz de ojos negros y labios muy rojos está parada con un taco crujiente en la mano.

—Esa es Katy Jurado, la actriz mexicana. Nos has hablado antes de ella —dice Ava.

—Sí, ¿pero les dije que fue la primera actriz mexicana en ser nominada para un Oscar?

—¿De veras? —Ava se voltea nuevamente y observa a Katy Jurado detenidamente, como si estuviera detallándola—. No lo sabía. —Después de unos minutos, Ava se me acerca y me susurra algo al oído—. Esa mujer habrá sido la primera actriz mexicana en ser nominada a un Oscar, pero yo seré la primera mexicoamericana en ganar el Oscar en la categoría de actriz principal.

Su confianza en sí misma me golpea como una avalancha.

—Es *mi* destino. Seré la primera —dice, y toma un sorbo de horchata.

¿De dónde sacó Ava tanta confianza en sí misma? ¿Estarían dándola en Sendak un día que yo no fui a la escuela por estar enferma? ¿La habrían vendido en nuestra tienda favorita y me perdí la venta?

En la feria de ciencias estaba segura de que ganaría. También estaba segura de que Sara y yo comeríamos tacos juntas esta noche, como las buenas amigas que solíamos ser. En cambio, no gané el primer lugar en la feria. No tengo una buena amiga. Y todavía no sé cómo lograré dejar una huella en la Primaria Sendak antes de graduarme este año. Siento que no tengo ni una gota de confianza en mí misma.

CAPÍTULO 7

De regreso en la escuela el lunes, Junko Tabei y su pico ya no están en la pared del salón de clases. Junko ha sido reemplazada por la poeta Gwendolyn Brooks. Ni siquiera pongo la mochila en el escritorio. Miro atenta el cartel mientras mis compañeros me pasan por el lado y se sientan.

En el cartel se ve a Gwendolyn Brooks leyendo un libro. Es como si alguien se hubiese metido a escondidas en la biblioteca y le hubiese tomado una foto. Apuesto a que ella no sabía que años más tarde esa foto sería un cartel y que colgaría de la pared de nuestro salón de quinto grado. Debajo de la imagen está su nombre en negritas y la frase "La primera afroamericana en ganar el Premio Pulitzer".

—Sra. Wendy —llamo a mi maestra que está escribiendo en la pizarra—. ¿Qué hizo con el otro cartel? ¿El de Junko Tabei?

La Sra. Wendy usualmente deja los carteles un mes entero. Se me acerca.

—Qué bueno que prestas atención, Alyssa —dice, y me da unas palmaditas en la cabeza como si fuera un perrito—. Ya que estamos casi en abril, el Mes Nacional de la Poesía, pensé que debía cambiar el cartel de Junko por el de un poeta.

—¿Qué es el Premio Pulitzer? —pregunto.

—Es un premio que se le da cada año a los mejores escritores, poetas y músicos norteamericanos.

—¿Le dieron a Gwendolyn una medalla?

—Seguro que sí. El Premio Pulitzer es muy importante —dice la Sra. Wendy.

—Así que muy importante, ¿eh?

Suena la campana y me siento en la tercera fila detrás de Grace Lentz y frente a Diego O'Brien. Hurgo en mi mochila en busca de mi cuaderno y mi pluma favorita. Por el rabillo del ojo veo que Sara está conversando con Hayley. No me asombra. Víctor me saluda con la mano como si estuviera en un desfile: sin parar de agitar la mano y sin dejar de sonreír.

Cambio la vista y me concentro en la pizarra, pero no quiero ser desagradable, así que saludo a Víctor con la mano lo más rápido posible.

—Antes de comenzar, me gustaría darles un merecido reconocimiento a los ganadores de la feria de ciencias —dice la Sra. Wendy—. Diego, Ethan y Sara, ¿se podrían parar?

Me volteo en el asiento para ver a los ganadores mientras el resto de la clase aplaude. Pensé que ya se me había pasado, pero de pronto siento un nudo en la garganta. Me duele pensar en lo cerca que estuve de ganar. Estuve trabajando en mi proyecto desde enero y ya estamos casi en abril. El año escolar termina en dos meses y, con él, la oportunidad de dejar una huella en la escuela. ¿Cómo es posible?

—Bueno, saquen sus cuadernos. Les recomiendo que tomen notas —dice la Sra. Wendy—. Alyssa hizo esta mañana una excelente observación. Se dio cuenta de que me adelanté al poner el cartel de la gran poeta Gwendolyn Brooks que está en la pared.

Me volteo sutilmente para ver si Sara ha reaccionado ante la mención de mi nombre, pero veo que está ocupada buscando algo en su escritorio.

—La razón por la que cambié los carteles es porque ya estamos casi en abril y, como recordarán, la fecha para entrar a participar en el concurso Pioneros de Kansas se acerca.

Hasta ahora, solo dos estudiantes piensan participar. Pero creo que nuestra escuela puede estar mejor representada. ¿Qué piensan? Pueden enviar un poema, una canción o fotografías. Cada uno de ustedes debería participar.

Eso no es para mí. Me gustan las ciencias, no el arte.

—Recuerden que daré puntos extra si participan —anuncia la Sra. Wendy con voz cantarina.

No voy a participar, por más que dore la píldora. Anunció el concurso justo después de las vacaciones de invierno y no me interesó ni en ese momento ni ahora.

—¿Cuántos puntos extra? —pregunta Víctor.

—Diez puntos más en la nota final de inglés —dice la Sra. Wendy.

Algunos chicos aplauden mientras yo busco una página en blanco en mi cuaderno. Una vez que la encuentro, escribo en la parte superior de la misma: Lista de primeros premios de Allie. Después del fiasco de la feria de ciencias, es hora de que tome mi destino seriamente. Si no hago algo espectacular este año, no merezco llevar el apellido Velasco. Necesito hacer algo y pronto. Algo fantástico.

—Los poemas y las canciones son excelentes maneras de expresarnos porque pueden revelar la verdad y la belleza al mismo tiempo… —El tono de voz de la Sra. Wendy asciende mientras su mano revolotea en el aire. Miro alrededor del salón para ver si alguien está interesado en expresar verdad y belleza. Sara está limpiando las gafas. Hayley se está aplicando brillo labial. Víctor está sentado derecho como si estuviera prestándole mucha atención a todo lo que dice la Sra. Wendy, pero apuesto a que está soñando despierto con baba verde—. Y la fotografía no es simplemente tomar un montón de *selfies*. La fotografía es captar imágenes en un segundo que vivirán y arderán para siempre.

¿Qué arderán para siempre? Eso suena peligroso. Gracias, pero no.

—¿Nos dará los puntos extra solo si ganamos el concurso? —pregunta Víctor.

El pobre. Debe necesitar esos puntos desesperadamente.

—Diez puntos por participar. Si alguien de mi salón gana el concurso, eso sería fantástico —dice la Sra. Wendy muy animada—. Le daré a ese estudiante incluso más puntos por encima de su nota final de inglés. ¿Qué les parece?

Víctor parece contento. Se pone a escribir algo en su cuaderno.

—Piensen esto… —continúa la Sra. Wendy—. A pesar de la excelente reputación de nuestra escuela como una de las mejores de la ciudad, ninguno de nuestros estudiantes ha ganado este concurso.

¿Ningún estudiante de Sendak? ¿Es posible?

Levanto la mano.

—Sra. Wendy, ¿está segura de que ningún estudiante de Sendak ha ganado el concurso? —pregunto.

—Sí, cien por ciento segura.

Bueno, ahora ha logrado interesarme. Vuelvo a levantar la mano.

—Si alguien de Sendak ganara, ¿ese estudiante sería el primero de la escuela en ganar el concurso? —digo.

Escucho a Hayley resoplar, pero no le hago caso porque conozco bien su repertorio de resoplidos críticos, suspiros sarcásticos y risitas desdeñosas; así que ya no me molestan.

—Sí, el primero. ¿No es emocionante? —dice la Sra. Wendy consciente de que cuenta con mi participación.

Se escucha un murmullo en el salón y varias manos se alzan.

—¿Diego? —dice la Sra. Wendy.

—¿Debemos escribir sobre una persona famosa que fue la primera en alcanzar algo? —pregunta Diego.

—No tiene que ser sobre una persona famosa necesariamente. Cualquiera puede ser un pionero o una pionera. Los primeros pioneros norteamericanos fueron colonizadores que viajaron al oeste del país buscando una vida mejor. Simplemente tiene que ser alguien que haya hecho algo diferente con el fin de mejorar la vida de los demás.

Grace levanta la mano.

—Ya comencé a trabajar en un poema sobre mi mamá, ¿pero podría enviar también una canción? —pregunta.

—Qué empeño —dice Hayle.

Me volteo hacia atrás y la miro. Es tan grosera.

La Sra. Wendy camina hasta la pizarra.

—Veamos las reglas del concurso —dice señalándolas con un puntero—: Está abierto a estudiantes de quinto grado. Los trabajos no pueden haber sido publicados antes. Las fotografías deben ser compiladas y presentadas siguiendo un formato que está en Internet. Un trabajo por estudiante. Los diez finalistas deberán presentar sus trabajos ante un panel de jueces y el público en una ceremonia especial.

Varios de mis compañeros se quejan de que haya que presentar los trabajos ante los jueces. Pero a mí eso no me preocupa. Sé que me pondré nerviosa, pero cada segundo que pasa estoy más segura de que este es el concurso perfecto para mí. Los miembros de mi familia están acostumbrados a ser los primeros. Somos pioneros por naturaleza. Yo puedo participar en el concurso y ser la primera estudiante de la Primaria Sendak en ganar. Y finalmente colocar un trofeo en la estantería de los trofeos. Tienen que dar un trofeo, ¿no es cierto? Levanto la mano.

—Sra. Wendy, ¿entregarán un trofeo a quien gane el primer lugar? —pregunto.

—Déjame ver —dice, y toma un papel de encima de su escritorio—. El ganador del primer lugar recibirá un trofeo y doscientos dólares.

El salón se queda boquiabierto. Ahora todos levantan la mano. Sara y Hayley se chillan una a la otra. "¡Doscientos dólares! ¡Ay, mi madre! ¡Nos iremos de compras!".

La Sra. Wendy niega con la cabeza.

—Ya sé que esa es mucha *lana*, pero cálmense. Todavía no han ganado —dice subrayando el 2 de abril en la pizarra—. Ahora que ya conseguí interesarlos, recuerden que la fecha para presentar los trabajos se acerca, así que tienen que empezar ya.

Algunos chicos se quejan de que la fecha esté tan cerca.

—Cálmense —dice la Sra. Wendy—. Les hablé de este concurso en enero. Si quieren participar, todavía tienen tiempo, solo necesitan concentrarse.

Grace se voltea emocionada hacia mí.

—¿Vas a participar? Yo creo que deberías.

Digo que sí. Luego miro la "Lista de primeros premios de Allie" y escribo: Concurso Pioneros de Kansas. Por suerte, ya tengo el pionero perfecto en mente. Ese trofeo, con "Primer lugar: Alyssa Velasco", será mío.

CAPÍTULO 8

Durante la fila del almuerzo, mis compañeros aún están haciendo planes sobre qué van a hacer con los doscientos dólares. Diego dice que se va a comprar una patineta nueva. Ethan donará el dinero al refugio de animales. Grace quiere llevar a su mamá a cenar porque dice que se lo merece. Hayley y Sara se quieren ir de compras. Tomo mi bandeja con un plato con trozos de pollo empanados, zanahorias y papitas y me siento junto a Grace, como hago usualmente. Sara y Hayley tienen su propia mesa.

Acabo de sentarme cuando Víctor sale de la nada y se acomoda entre Grace y yo.

—¿Qué tal, Víctor? —digo—. ¿Quieres pollo?

—¡No, gracias! Traje almuerzo —dice, y pone en la mesa una bolsa de papel marrón de la que saca un sándwich envuelto en papel de aluminio—. Mi mamá me preparó una torta. ¿Quieres probarla?

Al sacar la torta veo que es de pollo desmenuzado, queso y aguacate. Estoy tratando de no mirarla, pero no puedo evitarlo porque es inmensa. Y de pronto, todas las chicas están pidiéndole a Víctor que las deje probar la torta y Víctor está feliz de compartir.

—Allie, todavía me siento mal por haber arruinado tu volcán y no voy a descansar hasta que arregle el asunto —dice.

—¿Qué? No hay nada que arreglar. Tiré el volcán a la basura después de la feria de ciencias —digo.

Tiré el montón de plastilina húmeda en un basurero inmenso de la cafetería. Uff, ¡qué alivio!

—El volcán no. Tú —dice Víctor.

—¿Me quieres arreglar a mí? —digo desconfiada.

—Te vi la cara —susurra Víctor acercándose—. Ya sabes, hoy en la clase, cuando la Sra. Wendy felicitó a los ganadores de la feria de ciencias.

Abro la boca asombrada porque me acabo de dar cuenta de que Víctor notó mi desilusión mientras aplaudíamos a los ganadores. Me llevo una papita a la boca deseando desaparecer de la cafetería.

—Parecías deprimida —continúa diciendo Víctor—. Como alguien a quien le acaban de decir que su perrito murió. O que no puede volver a comer helado en su vida. Como si...

—Suficiente, Víctor. No estaba deprimida. Estaba pensando en la tarea de matemática... no te preocupes.

Víctor pone los ojos chiquiticos y me mira como si supiera que no estaba pensando en la tarea de matemática. Quizás sea por su proyecto de baba verde o por las hebillas inmensas del tamaño de Texas que usa en los cinturones, pero dudo que Víctor esté calificado para ayudarme a arreglar algo o para comprender cómo me siento. Quiero decir, él apenas me conoce.

—Realmente deseabas ganar el primer premio en la feria y yo lo eché todo a perder. Pero recién se me ocurrió algo para arreglar lo que hice. Cuando la Sra. Wendy dijo lo del concurso sobre los pioneros, todos se volvieron locos pensando en el dinero del premio menos tú. En su lugar, preguntaste si alguna vez alguien de Sendak había ganado el trofeo. Sé lo que tienes en mente. Quieres un trofeo. Y más que eso, quieres dejar un recuerdo muy especial de ti en esta escuela —dice Víctor chascando los dedos.

Escuchar a Víctor decir en voz alta lo que realmente deseo hace que mi corazón lata rápidamente. Miro alrededor de la mesa. ¿Acaso todos saben lo desesperada que estoy por ganar un primer premio antes de graduarme? Grace asiente y me sonríe dulcemente.

—¿Conoces la historia de su familia? —dice mirando a Víctor.

Víctor niega con la cabeza.

—¿Qué historia? —pregunta.

Siempre se me olvida que Víctor no es de Kansas. Por supuesto que no sabe nada de mi familia. De pronto, el mundo se me viene abajo y me da un vuelco el estómago. Finalmente, existe alguien que no sabe nada de mi familia y que no me compara con nadie.

—Su hermano mayor se llama Aiden —dice Grace—. El año pasado ganó una beca para Bishop Crest, una escuela intermedia privada muy buena. Es un excelente jugador de fútbol y muy guapo. Y Ava...

—¿La niña de cuarto grado de los comerciales? —pregunta Víctor.

—Esa —digo poniendo los ojos en blanco—. Y mi hermana mayor es Adriana. Digamos que la chica más inteligente de la ciudad. Ganó el premio del alcalde cuando estudiaba en Sendak. Es casi una leyenda.

—Sé quién es —dice Víctor encogiéndose de hombros—. La veo todos los fines de semana.

Niego con la cabeza. Es imposible que Víctor conozca a mi hermana. Adriana está en la secundaria.

—No me digas, Víctor. ¿Y de dónde la conoces? —pregunto.

—Es la chica que supervisa el programa de tutoría. Trabaja con los chicos que reciben inglés como segundo idioma todos los sábados por la mañana. Y conozco también a Aiden. Cuando no tiene fútbol, da tutoría de matemática. Adriana es buena gente. Siempre saluda a todo el mundo.

Una ola de orgullo me recorre. Aunque Adriana está muy ocupada en la escuela encuentra el tiempo para servir de voluntaria en el programa de tutoría que ella misma fundó. Y me parece estupendo que Víctor se beneficie del mismo. La matemática está superdifícil este año y comprendo por qué necesita ayuda. Seguramente no está acostumbrado al nivel académico de una escuela tan buena como Sendak.

—Los dos son superinteligentes. Adriana va a ir a Harvard —dice Víctor.

Se me hace un nudo en la garganta. Nada más de pensar que Adriana se irá lejos me entran ganas de llorar.

—Bueno, también está considerando otras universidades. Pero además, ese no es el asunto. El asunto es que todos en mi familia son estelares. Mi hermanita va a ganar un Oscar algún día por mejor actriz y Aiden probablemente sea el primer chico de doce años que juegue en la Copa Mundial de Fútbol. ¿Y yo? Ni tan siquiera puedo ganar en la feria de ciencias.

—No digas eso —dice Víctor—. Yo te puedo ayudar.

—Eres muy buena gente, pero no te preocupes. Ya decidí participar en el concurso de pioneros.

—Ah —dice Víctor echándose hacia atrás en la silla como si se sintiera defraudado—. Yo estaba pensando en que fueras la primera mujer en ganar una competencia de Fórmula 1 o NASCAR.

—¿No te has dado cuenta de que tengo diez años? Aún no puedo conducir.

—Ya lo sé, pero tienes que empezar a practicar ahora para que cuando tengas la licencia de conducir puedas competir profesionalmente. Deberíamos empezar con karts hasta llegar a autos de carrera.

—Muchas gracias, pero paso —digo.

—Bueno, ¿y qué te parece si te conviertes en la primera americana en ganar la medalla olímpica en taekwondo? Estás un poco flaca, pero podrías ganar peso —dice Víctor muy seguro—. Tendrías que matricularte en un gimnasio, contratar a un entrenador y practicar seis horas diarias. Pero tienes que empezar ahora si quieres estar lista para las Olimpiadas del próximo verano.

—No tengo seis horas libres al día, Víctor —digo sin poder creer lo que acabo de escuchar—. Necesito ganar una medalla ahora. Adriana y Aiden hicieron historia en esta escuela durante el quinto grado. Ava ya está haciendo historia. Y si yo no hago algo pronto, antes de que finalice el curso... —Me detengo. Estoy jadeando de solo pensar en la catástrofe que sería no ganar ningún trofeo antes de graduarme de primaria—. Me quedan dos meses. Eso es todo.

—Maldición —dice Víctor, y le da una mordida a su torta.

—Mi plan es participar en el concurso y escribir algo sobre mi bisabuelo, que es veterano de guerra. Nadie rechazaría un tributo sobre un héroe norteamericano, ¿no creen? —digo, y miro a Grace buscando apoyo.

—Eso no sería patriótico —dice Grace.

—El problema está... en que la poesía no es mi fuerte —digo.

—Ni el mío —dice Víctor—. Soy pésimo en inglés.

—Tampoco soy muy buena componiendo canciones. Ava se llevó todo el talento para eso. Quizás tenga que irme por la fotografía. Me encanta tomar fotos. Tengo un montón en mi celular, pero casi todas son de Sigiloso, mi gato.

En ese momento, Hayley y Sara se acercan a la mesa. Se paran justo frente a Víctor y a mí.

—Oye, Allie —dice Sara—. Me gustaría preguntarte por tu bisabuelo.

De pronto, tengo un mal presentimiento, pero sonrío de todas formas.

—Seguro, ¿qué quieres saber? —digo.

—Me gustaría escribir una canción sobre él para el concurso —dice Sara.

El corazón se me estruja.

—¿Qué?

—¿Por qué no escribes sobre tu bisabuelo? —le pregunta Víctor a Sara metiéndose en la boca el último pedazo de torta.

—Oh, porque murió cuando era bebita. Muchas gracias por hacerme recordar algo tan triste —dice Sara echándole a Víctor una mirada desdeñosa que no le conocía. Se está "Haylificando".

—Lo siento —dice Víctor alzando los brazos como si estuviera rindiéndose—. No quise ponerte triste.

Me siento mal por él. No hay razón para que Sara sea tan antipática, y estoy a punto de decirlo cuando Hayley se mete en la conversación.

—¿Tienes algún problema con que Sara escriba una canción sobre tu bisabuelo? —me pregunta.

Sí. Un *requetemillón* de problemas. Sara debería buscar a algún miembro de su propia familia con una historia inspiradora y escribir una canción sobre esa persona. Además, necesito ganar este concurso como sea. Ya casi es abril. El reloj no para de recordarme que es hora de que haga algo maravilloso de una buena vez. Y mi bisabuelo es el pionero perfecto para ganar el concurso. Se acabó. No puede escribir una canción sobre mi bisabuelo y punto.

—Sí, hay un problema —digo bien alto—. Estoy planeando hacer algo sobre mi bisabuelo para el concurso.

Sara parece desanimarse. Hayley me mira fijamente y cruza los brazos.

—¿Algo? Ni siquiera sabes qué vas a hacer. Además, ninguna regla dice que ustedes dos no puedan escoger a la misma persona —dice.

Hayley es tan engreída. Se puso así desde que empezó a usar brillo labial. Alguien debería revisar los ingredientes del brillo porque seguramente tiene efectos secundarios.

—Está bien —digo encogiéndome de hombros—. Pregúntale tú misma a mi bisabuelo, Sara, y a ver qué te dice, porque sabes que a él no le gusta que la gente lo adule.

—Lo sé. Gracias —dice Sara, y se va con Hayley.

—¿Qué les pasa? —pregunta Víctor.

—Sara era mi mejor amiga.

—¿Era tu mejor amiga y ahora quiere usar a tu bisabuelo para su proyecto del concurso? Disculpa, pero pienso que tiene el corazón de piedra.

—No sé qué hacer —digo negando con la cabeza.

¿Acaso Gwendolyn Brooks tuvo alguna vez que lidiar con una ex amiga que le robó el tema de un poema? Y en ese caso, ¿habrá encontrado las palabras que rimaran con *traición, traidora* y *enemiga*?

—Ya sé lo que vas a hacer —dice Víctor dándome un codazo—. Vas a ganar.

CAPÍTULO 9

Una vez que suena la campana, todo lo que deseo es ir a casa y echarme a llorar sobre la almohada, pero espero a que Adriana me recoja. Pasar el día en el mismo salón que la engreída de Hayley y la traidora de Sara me saca de quicio. ¿Cómo se le ocurre usar a mi bisabuelo en una composición suya para el concurso? Estoy segura de que la idea fue de Hayley. A Sara jamás se le hubiese ocurrido. ¿O sí? Ella sabe cuán importante es Abue para mí. También sabe cuánto deseo ganar un trofeo para la estantería de los trofeos de mi familia.

La cabeza me duele tanto como si un oso pardo me la estuviera presionando entre sus garras. Camino hasta la entrada principal de la escuela donde Adriana nos recoge a Ava y a mí. Cuando me subo al auto, Aiden está en el asiento delantero haciendo rebotar un balón de fútbol en sus rodillas, lo cual no ayuda a aliviar el dolor de cabeza. Ava y yo nos sentamos en el asiento de atrás. Ava comienza a enviar mensajes de texto, lo que me parece bien, ya que no quiero escuchar ningún drama de cuarto grado. Hoy me toca lidiar con un drama de quinto grado.

—Tenemos que parar en casa de Abue —dice Adriana—. Necesita ayuda con la computadora.

—Las personas mayores y las computadoras no hacen buena liga —dice Aiden.

Adriana y Ava se ríen. Yo ni tan siquiera sonrío, y Adriana lo nota. Lo que necesito es mi almohada, ahora mismo.

—¿Estás bien, hermanita? ¿Fue un mal día? —pregunta Adriana.

Le digo que sí con la cabeza.

Me sonríe a través del espejo retrovisor.

Adriana es usualmente la persona a la que le cuento mis problemas, pero no le he dicho nada del asunto con Sara porque me avergüenza. ¿Qué idiota pierde a su mejor amiga en el último año de primaria? Adriana y su mejor amiga,

Michelle, han sido buenas amigas desde que estaban en pañales.

Si las cosas con Sara no se arreglan este año, ¿qué sucederá cuando estemos en la escuela intermedia? ¿Tendré que empezar de cero y buscar otra amiga? No quiero volver a empezar.

Observo el vecindario por la ventanilla. Sara y yo montábamos bicicleta por esta calle. Ayudábamos a mi bisabuelo en el jardín y hablábamos de cuando estuviésemos en sexto grado. Hablábamos de los chicos nuevos que conoceríamos y cómo nos cambiaríamos el peinado. Sin embargo, ahora que es amiga de Hayley hasta se viste diferente. No usa zapatillas cómodas, sino zapatos bajitos. Y el pelo lo tiene suelto todo el tiempo como Hayley. Ya no se hace colas de caballo. En fin… mi mejor amiga no me esperó.

La cabeza aún me palpita cuando llegamos a la casa de Abue. Mi bisabuelo vive solo en una casa pequeña que compró antes de que yo naciera. Dice que cuando estaba buscando una casa para comprar, tenía tres cosas en mente: que no tuviera escaleras, que tuviera un patio grande para festejar el 4 de julio y que estuviera cerca de la casa de sus bisnietos para que pudiéramos ir caminando a visitarlo cada vez que quisiéramos. Yo voy casi todos los días.

Tan pronto llegamos, Ava salta del auto y se acurruca al lado de Abue en el columpio del portal. No deja espacio para que me siente. Adriana y Aiden le dan un beso a Abue y se van a arreglar la computadora. Entonces, me siento en los escalones del portal.

—Abue, Allie es una gruñona —dice Ava—. No me habló ni una vez en el auto.

Miro a Ava. Estoy segura de que no se acordó de mí mientras estaba concentrada en su celular.

—¿Qué tienes, Allie? ¿Qué pasa, *mija*? —pregunta mi bisabuelo.

Hoy, su voz es áspera y suave. Me pregunto si volverá a resfriarse. Unos días antes de Navidad, mi papá lo tuvo que llevar al hospital porque tenía neumonía. Nos dio mucho miedo, pero se recuperó y pudo pasar con nosotros la Nochebuena y disfrutar de los tamales y el chocolate caliente tradicionales.

—Nada —murmuro.

—¿Ves lo que digo? —dice Ava—. Es difícil ser la hermanita de la Srta. Gruñona.

La ignoro.

—Ven acá, *mija*. Cuéntame qué te pasa —dice Abue.

Me paro y lo miro.

—Me duele la cabeza —digo.

—¿Quieres una aspirina? ¿Una taza de té?

—No, es la escuela —digo encogiéndome de hombros.

Siento las lágrimas asomarse a mis ojos. Quisiera contenerlas, pero es demasiado tarde. Mi bisabuelo las ve y me toma las manos.

—Dime qué te pasa, *mija*. Sácatelo del pecho —dice.

—Sara no me habla.

—¿La dulce Sarita? —pregunta Abue.

—No es tan dulce —apunta Ava.

Es la primera vez que estoy de acuerdo con Ava, pero honestamente preferiría no estar de acuerdo con ella. Me gustaría que Sara volviese a ser dulce y que fuera de nuevo mi mejor amiga.

—Casi no me habla desde que comenzó el semestre, y cada vez es peor. Se la pasa con Hayley Ryan, que es una engreída —le digo, y ya no puedo parar de hablar. Es como si me viniera una avalancha de palabras—. Para colmo, Sara quiere escribir una canción sobre ti para un concurso. Quiere el dinero del concurso para ir a comprar camisetas estúpidas con Hayley. No le importa nada más. Así que cuando te llame para preguntarte si puede escribir una canción sobre ti, le tienes que decir que no. Tú eres mi bisabuelo.

Abue me mira fijamente con sus ojos marrones.

—¿Y tú dices que a mí me gusta el drama? —pregunta Ava bajándose del columpio—. Me voy a ver si pasan uno de mis comerciales en televisión.

—¿Sabes a quién me hiciste recordar, Allie? —pregunta Abue cuando Ava se va.

Tengo la cabeza en blanco y la verdad es que no deseo pensar en nada. Tengo mucho dolor de cabeza.

—¿A quién te digo que me recuerdas siempre? —pregunta Abue.

Sé de quién está hablando. Me lo ha dicho cien veces.

—¿A tu mamá? —digo.

—Cada día te pareces más a ella, ¿lo sabías? —dice Abue.

—¿Ella también estaba loca?

Mi bisabuelo se sonríe.

—No estás loca, *mija*. No solo tienes sus ojos y haces gestos parecidos a los de ella, sino que también tienes su espíritu luchador.

—No sé qué hacer con Sara, Abue. Quisiera que volviéramos a ser amigas, pero ella ni siquiera me da la oportunidad —digo.

—Ven y siéntate aquí —dice Abue dando un golpecito en el columpio. Voy y me siento. Abue continúa—: ¿Crees que si hablas con ella puedas salvar la amistad? Ustedes son amigas desde que eran bebitas. Llámala, invítala a tu casa y pregúntale qué pasó. Estas cosas se hacen cara a cara y no por mensajes de texto o por correo electrónico o por cualquiera de esas cosas que usan ustedes los muchachos de ahora para comunicarse.

—Me da miedo que no quiera hablar conmigo —digo.

—El truco está en escucharla, *mija*. Tienes que decirle cómo te sientes y luego escucharla a ella. Sin interrumpirla. Sin pensar lo que vas a decir después. Solo escucharla. Trata de comprender cómo se siente. Si no quiere hablar, al menos lo intentaste, y si no funciona, puedes comenzar a buscar una nueva amiga.

—Pero yo no quiero una nueva amiga.

—Otra razón para que hables con Sara y la escuches.

Sus palabras están comenzando a calar cuando Adriana sale de la casa.

—Abue, no puedo creer todos los mensajes que te han enviado muchas personas que han visto el documental y desean visitarte. ¿Les has respondido? Por favor, dime que sí.

Abue se encoge de hombros.

—Hubiera querido contestarlos, pero no recordaba mi contraseña, *mija* —dice Abue.

—¿Quiénes han enviado mensajes? —dice Ava, asomando la cabeza por la puerta.

—Aiden te ha creado una nueva contraseña, Abue —dice Adriana ignorando la pregunta de Ava—. Yo te puedo ayudar a contestarles a tus admiradores. Hagámoslo hoy. Ahora mismo.

—Abue, por favor, dile a Adriana que yo puedo ayudarlos —dice Ava emocionada—. Soy buenísima respondiendo mensajes de admiradores. Por favor —ruega Ava.

No puedo dejar de sonreír. Me encanta ver a Ava rogar.

—Está bien, las dos me ayudarán. Voy a entrar en cuanto termine de hablar con Allie —dice Abue.

—Me encanta recibir mensajes de admiradores —grita Ava.

—Relájate, que no son tus admiradores —dice Adriana, y se lleva a Ava adentro, halándola por la cola de caballo.

—¿Puedo tomarte fotos para el concurso? —le pregunto a mi bisabuelo—. El tema es "un verdadero pionero".

Abue se rasca la barbilla.

—Pionero, ¿eh?

—Sí, fuiste a la guerra y ganaste la Medalla de Honor —digo.

—Bueno, pienso que hay gente que merece ese título más que yo, pero si eso es lo que quieres…

Le doy el abrazo más fuerte que soy capaz de dar.

—Y si Sarita me llama para preguntarme sobre el concurso, ¿qué le digo? ¿Quieres que le diga a tu ex mejor amiga que no la puedo ayudar? —pregunta Abue.

Trago en seco.

—Supongo que no, pero ¿y si su proyecto es mejor que el mío?

—¿Cómo va a ser? Ella no va a tener lo que yo te voy a dar a ti —dice Abue levantándose y yendo hacia la puerta—. Ven acá.

Hay una docena de fotos de familia en la habitación de mi bisabuelo. Hay fotos de familiares a los que nunca conocí porque murieron antes de que naciera y, sin embargo, sus rostros me son familiares. Se parecen a mi papá, a Adriana, a Aiden y a Ava. Observo detenidamente la foto de mi abuela Esperanza y mi abuelo Andrés y me pregunto cómo serían. En la mayoría de las fotos están con sus nietos y parecen felices. Algunas veces mi papá habla de ellos y cuenta historias tan divertidas que lo hacen llorar. Me imagino que así me sentiría yo si se murieran mis papás. Estaría triste, pero trataría de recordar los buenos momentos.

Mi bisabuelo saca un álbum de cuero de debajo de la cama. Está lleno hasta el tope de fotos y recortes. Me lo da. Estoy segura de que pesa más que Ava y yo juntas. Me siento en el borde de la cama para hojearlo.

—Este álbum es mi galería de fotos —dice Abue pasando las páginas hasta que llega casi al final—. Solo quedan unas cuantas páginas vacías para poner mis últimos recuerdos.

Trago en seco. No me gustó la manera en que dijo "mis últimos recuerdos". Paso las páginas hasta que veo un artículo de periódico del día en que mi abuelo Andrés fue nombrado alcalde de una pequeña ciudad en las afueras de Kansas. Yo aún no había nacido. Unas páginas antes de esa, hay fotos de mi bisabuelo con algunos de sus amigos veteranos llevando la bandera americana en un desfile. Voy hacia atrás unas cuantas páginas más y hay fotos en blanco y negro de mi bisabuelo en Italia durante la guerra.

—Estas fotos son maravillosas, Abue —digo—. Realmente me pueden ayudar a ganar.

Hay fotos de Abue excavando trincheras y posando con otros soldados. Era tan joven en esa época. Hasta hay fotos de él con hermosas mujeres italianas, pero la que más me llama la atención es donde aparece con el presidente Truman cuando recibió la Medalla de Honor del Congreso. Estas son las fotos que necesito para el concurso. Cuando los jueces las vean, me rogarán que acepte el primer lugar.

Paso las páginas hasta llegar a las fotos de Ava en el musical de la escuela del otoño pasado. Fue la primera niña de cuarto grado en hacer el papel principal del musical de Sendak. Usualmente ese papel se lo dan a una niña de quinto grado, pero Ava ganó el rol sin discusión. Al principio, algunos padres y estudiantes de quinto protestaron, pero Ava los calló con su actuación. Nuestro director, el Sr. Vihn, dijo: "Ava Velasco canta y baila como si hubiese nacido en Broadway". Y aunque a veces es una malcriada, me siento realmente orgullosa de ella.

Paso una página y me veo a mí misma posando con mi volcán unos días antes de la feria de ciencias, y vuelvo a pensar que el trofeo del primer lugar debió ser mío y que debería estarlo puliendo ahora mismo.

—Deberías quitar esta foto. No gané la feria de ciencias —murmuro—. No gané el trofeo. No gané el primer lugar. No gané nada. Y me pone triste.

—Déjame mostrarte algo —dice Abue.

Mi bisabuelo pasa las páginas del álbum hasta llegar a una foto en blanco y negro desgastada. En la foto se ve a una mujer joven con un bebé en el regazo y hay un niño como de la edad de Aiden parado a su lado. Me toma un tiempo, pero logro reconocer a mi bisabuelo en ese niño.

—Esa es mi mamá, Adela Salazar, el día del funeral de mi papá —dice Abue.

Desde que tengo memoria, mi bisabuelo me ha dicho que le recuerdo a ella, pero hasta ahora no había visto esta foto. Mi tatarabuela lleva un vestido negro. Estudio su rostro delicado en forma de corazón hasta que noto el parecido. Es una versión más vieja de mí misma. Su pelo oscuro como la noche está recogido hacia atrás, lo que hace que uno se concentre en su mirada.

—Nunca ganó un trofeo en su vida, pero dejó su huella en este mundo. ¿Sabías? Cuando yo tenía tu edad, por poco no puedo asistir a la escuela.

—¿Por qué no? —digo.

—Eran otros tiempos, *mija*. Éramos muy pobres y no hablábamos inglés, pero mi mamá tenía grandes sueños para mi hermano y para mí. Trató de matricularme en la escuela, pero en cada escuela que íbamos nos rechazaban. Finalmente, fuimos a una escuela que quedaba en el otro extremo del pueblo. Y, de nuevo, nos rechazaron. La directora ni nos quería dejar entrar. ¿Te puedes imaginar? Se hizo la que no entendía lo que mi mamá decía y le dijo que probara en otra escuela, pero ya habíamos probado en todos los sitios. Esta escuela era nuestra última oportunidad. Nunca había visto a mi mamá tan desolada. Pensé que iba a darse por vencida. Así que me di vuelta para irme. Pero mi mamá me detuvo. Me quitó a mi hermanito de los brazos, encaró a la señora y dijo unas cuantas cosas más en inglés. Esta vez la mujer sí entendió lo que mamá le dijo. En ese mismo momento, la mujer me matriculó y comencé la escuela ese día.

—¿Qué le dijo tu mamá? —pregunto.

—Ofreció remendarle toda la ropa a esa mujer y hacerle unos vestidos nuevos. Y eso fue lo que hizo. Todos los días, después de terminar su trabajo de costurera, se ponía a coser vestidos para la directora, mientras yo aprendía inglés. Así fue como pude recibir una educación, pero yo no podía participar en ningún concurso de fotografía. Y creo que hubiese sido un gran fotógrafo, casi tan bueno como Robert Capa.

—¿Cómo quién?

—Uno de los mejores reporteros fotográficos de la historia, *mija* —dice Abue.

—¿Ganó muchos premios? —pregunto.

—No, pero lo importante es que era un gran fotógrafo, Allie.

Miro la foto de mi tatarabuela un rato más. Me pregunto si Robert Capa tomó alguna vez fotos como esta. Quizás no le interesara tomar fotos de una familia mexicana pobre, pero no le puedo quitar los ojos de encima a la foto. Mi bisabuelo dice que me parezco a su mamá, ¿pero sería yo lo suficientemente valiente para enfrentarme a la directora de una escuela como lo hizo ella? ¿Podría conseguir algo tan maravilloso como que un niño asistiera a la escuela? Eso suena a algo que haría Adriana.

Lo único que sé es que quiero ganar un gran premio como lo ganó Gwendolyn o llegar a la cima de una montaña como lo hizo Junko. Y como mi tatarabuela, Adela Salazar, tengo que ser valiente para lograrlo. Por eso haré lo que sea necesario para ganar el concurso de pioneros y estar a la altura de mi familia.

CAPÍTULO 10

Cierro el álbum de fotos.

—Gracias, Abue. Este álbum realmente me ayudará a ganar —digo.

—Es tuyo para lo que quieras —dice Abue dándome unas palmaditas en el brazo antes de voltearse para salir de la habitación—. Ahora me voy porque tengo trabajo que hacer. Tu hermana insiste en que escriba correos electrónicos.

—¿De qué te escribe la gente? —pregunto.

Abue se detiene en la puerta.

—La mayoría me agradece el haber sido un buen soldado. Algunas veces me invitan a cenar a sus casas porque desean hablar de la guerra.

—¿Y no te molesta hablar de eso?

—A veces me es difícil hablar de la guerra. Hay cosas que preferiría no recordar, pero para muchas personas es importante hablar de lo que pasó.

—¿Por eso te gusta ir al centro de veteranos? ¿Te gusta hablar con otros soldados como tú? —digo.

—Sí, *mija*. Los veteranos jóvenes han pasado mucho. Me gusta escucharlos y recordarles que hay vida después de la guerra. Que no están solos.

Abue se marcha de la habitación y tomo el auricular del teléfono que está al lado de su cama. Debería llamar a Sara como me dijo… pero aún no estoy lista. En su lugar, me llevo el álbum de fotos hasta la sala, donde Ava está sentada en el sillón de Abue, viendo televisión.

Este álbum es todo lo que necesito para el concurso. ¿Cómo no voy a ganar con esas fotos geniales en blanco y negro de mi bisabuelo en Italia?

—Allie, ¡te perdiste mi comercial! Lo pasaron cuando terminó el programa. Quizás en un rato lo vuelvan a poner —dice Ava.

—¿De veras? Oh, cuanto lo siento —digo con sarcasmo.

—Ah, olvidé que eres la Srta. Gruñona —dice mi hermanita.

Me acomodo en el sofá y abro el álbum.

—¿Qué haces? —pregunta Ava.

—Miro el álbum de Abue —digo.

—¿Para el concurso?

—Olvídate de mí y ponte a ver la televisión —digo—. Estoy segura de que uno de tus comerciales está por salir.

Ava me da la espalda y se queda callada. Aunque estoy tratando de no prestarle atención, me doy cuenta de que está pensando seriamente en algo porque tiene la mirada fija y se muerde el labio. De pronto, se voltea hacia mí con una sonrisa.

—Adivina quién te escribió un poema —dice—. ¡Yo! ¿Quieres oírlo?

—Por supuesto —digo.

—Había una vez una niña que gemía sin parar: "Perdí mi mejor amiga; y la extraño más y más. Y por eso esta mañana no me debí levantar".

Niego con la cabeza asombrada. ¿Cómo pudo componer ese poema en tan poco tiempo?

—De nada —dice Ava riendo y volteándose hacia la televisión justo a tiempo para ver un comercial del Concesionario de Autos Sifuentes.

Suena el teléfono y contesto.

—¿Podría hablar con el Sr. Rocky Velasco, por favor?

Reconozco la voz inmediatamente.

—¿Sara?

—¿Qué tal, Allie? ¿Estás en casa de tu bisabuelo?

—Sí, me está ayudando con el proyecto —digo.

Me llevo el teléfono a la otra habitación para tener un poco de privacidad. Esta es mi oportunidad para hablar con Sara.

—Para eso mismo estaba llamando —dice Sara—. Quería preguntarle si lo podría entrevistar antes de componer la canción. ¿Está ahí?

—Sí, está aquí, pero está ocupado. ¿Puedes esperar unos minutos? Te quería preguntar algo.

—Ah, está bien —dice Sara insegura.

Respiro profundo y trato de recordar lo que mi bisabuelo me dijo sobre escuchar. Escucha más. Habla menos. ¿No fue eso lo que dijo?

—Sara, ¿por qué ya casi no me hablas? —pregunto.

—Yo te hablo… hoy te hablé —dice Sara.

—Casi nada —digo muy alto—. ¿Es por cuenta de Hayley? Yo sé que fue idea suya que escribieras una canción sobre mi bisabuelo. Estoy segura de que Hayley quería que me robaras la idea —añado con el corazón desbocado.

—Hayley no sabía que participarías en el concurso con un proyecto sobre tu bisabuelo. Yo tampoco lo sabía. Estábamos hablando del concurso y pensé que sería perfecto escribir sobre él porque es un veterano de guerra.

—Pero tú y yo antes nos sentábamos juntas en el almuerzo. Y ahora siempre andas con Hayley. —No quiero quejarme, pero no lo puedo evitar. Estoy lista para decirle unas cuantas cosas más, como que ya no me invita a su casa y cuando yo la invito, siempre está ocupada, pero antes de continuar, me doy cuenta de lo que acaba de decir—. Espera un segundo, ¿fue tu idea escribir sobre mi bisabuelo? ¿No fue idea de Hayley?

—Fue mi idea, Allie. Pienso que puedo ganar si escribo una canción sobre él. Como te dije, es un famoso veterano de guerra.

—Pero él es mi pionero.

—¿Y qué? —Puedo imaginarme a Sara encogiéndose de hombros y me pongo furiosa. —Como dijo Hayley, ninguna regla dice que dos personas no puedan hacer un proyecto sobre un mismo pionero —agrega Sara.

—Tú solo quieres usar a mi bisabuelo para ganar los doscientos dólares —digo molesta—. Las oí a ti y a Hayley hablando de cómo irían de compras.

—Y a ti solo te importa ganar el trofeo. Eso es todo lo que te interesa. Primer lugar en esto. Primer lugar en aquello.

Como en el concurso de fotografía Amigos Peludos. Pensé que sería divertido participar y hacer algo por el refugio de animales, pero desechaste cada una de mis ideas sobre cómo fotografiar a Sigiloso. Pareces una chihuahua loca cada vez que estás tratando de ganar en algo. Es muy desagradable. Como estás haciendo ahora mismo con este concurso.

—Oye, ¡eso no es verdad! —exclamo. Tengo el estómago hecho un nudo. ¿Es por eso? ¿Es por el concurso Amigos Peludos que está molesta? ¿Es cierto que rechacé todas sus ideas? No lo puedo creer. Solo está tratando de herir mis sentimientos. ¡De ninguna manera soy una chihuahua loca! Mi bisabuelo me dijo que la escuchara y lo he intentado, pero ahora ella está siendo una maleducada—. Como tú digas, Sara —digo.

—Está bien —dice Sara—. ¿Puedo hablar ahora con tu bisabuelo?

—Lo siento, pero salió —digo, y cuelgo el teléfono mientras mi cabeza palpita como si fuera a explotar. Hablar con ella fue un gran error.

Detesto admitirlo, pero el poema de Ava dio en el clavo: esta mañana no debí levantarme.

CAPÍTULO 11

Al día siguiente en la escuela, evito a Sara. Cuando le conté a Adriana que le había colgado el teléfono, me echó una mirada de decepción que duró como cinco minutos y veintinueve segundos. La mirada más larga de la historia. Después me dijo que tenía que disculparme, pero no veo por qué. Sara fue la que me dijo que parecía una chihuahua loca y está escribiendo una canción sobre mi bisabuelo para herirme. A ella le importa un comino mi bisabuelo y lo único que quiere es ganar el dinero del premio.

—Bueno, ¿pero no fue por eso que lo escogiste a él… para ganar el trofeo? —dice Víctor cuando le hago el cuento. Estamos en el segundo turno de matemática y se supone que estamos trabajando en grupo con Diego y Grace, pero mientras ellos hacen los problemas nosotros hablamos—. Quieres ganar el trofeo y dejar un legado en la escuela antes de graduarte, ¿no? Es lo mismo.

—No es lo mismo —digo molesta—. Lo que quiero es hacerle un tributo a mi bisabuelo. Él es un verdadero pionero. Sara, sin embargo, lo está haciendo para comprar mallas iguales para ella y para Hayley. Es totalmente diferente.

Diego nos mira mortificado.

—Vamos, tenemos que terminar estos problemas antes de que termine la clase —dice—. Olvídense de Sara. Si hacen los problemas del diez al veinte, terminaremos pronto.

Víctor asiente y se pone a hacer ejercicios en una hoja.

Miro los problemas que tengo delante. Los problemas del diez al veinte piden buscar el promedio, el rango y la mediana. Los podría hacer con los ojos cerrados en unos pocos minutos, pero no puedo parar de pensar en Sara y lo que significa haberle colgado el teléfono. ¿Es este el final de nuestra amistad?

Miro hacia donde están Sara y Hayley ensimismadas en los problemas de matemática. Sara y yo hemos sido buenas amigas desde que teníamos cuatro años. ¿Será el rango de nuestra amistad solo seis años? Miro los problemas de matemática y no les encuentro sentido.

—¡Terminé! —anuncia Víctor soltando el lápiz.

Mi hoja sigue en blanco. Una vez más he sido derrotada.

—¿Los diez problemas? —pregunta Diego inclinándose para ver la hoja de Víctor.

—¿Cómo los hiciste tan rápido? —pregunta Grace.

Tiro el lápiz sobre la mesa. Tenía que haber sido la primera en terminar. En cambio, seré la última, y es por culpa de la estúpida de Sara. La Sra. Wendy hace sonar su pequeña campana y nos dice que es hora de entregar nuestro trabajo.

—Toma mi hoja, Allie —dice Víctor.

—No, está bien. Me quedaré después de clase si no me queda de otra. Los terminaré —digo.

—Tómala, Allie. Era un trabajo en grupo —dice Grace—. Se supone que compartamos.

—Solo que unos compartimos más que otros… digo yo —aclara Diego.

—Gracias —digo tomando la hoja de Víctor y comenzando a copiar. Mientras copio, reviso las respuestas y veo que están bien.

—Qué bien, Víctor. El programa de tutoría te está ayudando mucho —digo.

—¿Qué quieres decir? —pregunta Víctor.

—Dijiste que ibas al programa de tutoría los sábados. Veo que está funcionando. Qué bueno —digo.

Víctor se echa hacia atrás en la silla y me mira extrañado. Luego me regala una leve sonrisa como el que está guardando un secreto.

Pongo mi nombre en la parte superior de la hoja, pero me siento mal porque nada de lo que está ahí lo hice yo. Cuando le entrego la hoja a la Sra. Wendy, pienso que haré algo para recompensar la ayuda. Antes de marcharme del salón, me detengo frente al cartel de Gwendolyn Brooks. Estoy segura de que mientras estaba escribiendo su libro de poesía, Gwendolyn no perdió ni un segundo pensando en sus malas amigas. Si me propongo ganar el primer premio, tengo que dejar de pensar en Sara.

CAPÍTULO 12

Gwendolyn Brooks tenía trece años cuando publicó su primer poema. Tres más de los que yo tengo ahora. Veinte años después, ganó un gran premio: el Pulitzer. Pasó veinte años escribiendo poemas antes de ganarlo. Y yo no he hecho nada en particular en los últimos cinco años. Los únicos poemas que he escrito los he compuesto porque me los pedían en la tarea. En cuarto grado escribí un poema con rima sobre cómo mi vida se parecía a un helado de fresa: Sorprendente y divertida, un bello sueño rosado, mi vida es como un helado de dulce fresa, ¡qué vida!

Saqué una A.

Pero este último año en Sendak no ha sido precisamente un helado de fresa. Más bien parece un helado derretido en la acera.

De todas formas, pienso que un poema comparando a mi bisabuelo con un helado de fresa no funcionará para el concurso. Ni tampoco un montón de *selfies* que me he tomado con el celular. Necesito fotos de verdad. Fotos en blanco y negro de la guerra. Por suerte tengo el álbum de fotos de mi bisabuelo. Ahora todo lo que necesito es buscar datos sobre la guerra y contar la historia de mi bisabuelo.

Busco un montón de libros en la biblioteca hasta que hago una gran torre. Son tantos que pienso que la torre se va a derrumbar y caerme encima en una avalancha de información. ¿Por dónde debo empezar?

En la pared frente a mí hay un cartel de un corredor olímpico cruzando la meta final. Dice: Billy Mills, primer norteamericano en ganar la medalla de oro en la categoría de 10.000 metros.

—¿Necesitas ayuda? —pregunta Víctor sentándose frente a mí. Sus ojos siguen los míos hasta llegar al cartel.

—¿Me podrías explicar por qué donde quiera que voy me persiguen carteles de personas que han sido las primeras en hacer algo extraordinario, como este Billy Mills que ganó una medalla de oro? —pregunto.

—A mí me parece genial. Recuerdo haber visto un vídeo sobre ese tipo —dice Víctor—. Nadie pensó que ganaría. Era uno más en la carrera y casi al final pasó a los otros corredores en cuestión de segundos —dice Víctor y sonríe como si él estuviera cruzando la meta final—. Oye, si quieres ganar una carrera, yo te puedo ayudar. Quiero decir, tendríamos que entrenar todos los días. Deberíamos comenzar con 5.000 metros.

—No. Solo necesito ayuda para ganarle a Sara este concurso —digo.

—¿Vas a leer todos esos libros? —pregunta Víctor mirando la torre de libros.

—No, solo necesito buscar algunos datos.

—Entonces, déjame ayudarte.

Víctor se levanta y carga todos los libros excepto dos.

—¿Qué haces? —digo lo más alto que se puede hablar en la biblioteca. Lo menos que necesito es que la Sra. Chambers, la bibliotecaria, me eche de aquí.

Víctor se lleva los libros y los pone en el estante de devolución. ¡A la Sra. Chambers le va a encantar eso! Nos echarán a los dos.

—¿Por qué siempre me estás saboteando? —pregunto molesta cuando regresa.

—Te estoy ayudando. Tienes dos libros muy buenos delante de ti. Lo único que tienes que hacer es hablar con tu bisabuelo, tomarle algunas fotos, crear un guión fotográfico donde cuentes su historia, ponerlo en Prezi y enviarlo.

Miro los libros y me doy cuenta de que tiene razón. Así que un "guión fotográfico". Escribo eso en mi cuaderno.

—Eso es genial. Gracias —digo, y vuelvo a pensar en que tengo que ganar este concurso—. Mi bisabuelo me prestó su álbum de fotos. Está lleno de fotografías de cuando estaba en la guerra.

—¿Me lo puedes mostrar? Suena espectacular —dice Víctor.

—Por supuesto. Te lo mostraré cuando haya terminado. Si no gano con esas fotos y su historia, nunca ganaré un concurso y tendré que aceptar que no soy una verdadera Velasco. ¿Crees que alguien me quiera adoptar? —pregunto.

Víctor niega con la cabeza y suelta un resoplido.

—Me parece que estás yendo demasiado lejos.

Nos quedamos en silencio por unos segundos.

—Gracias por querer ayudarme —digo finalmente. Abro uno de los libros que hay en la mesa. Está lleno de fotografías de ciudades europeas destruidas y del desembarco de Normandía—. ¿Te puedo preguntar algo?

—Claro —dice Víctor abriendo el otro libro.

—¿Me estás ayudando porque todavía te sientes culpable de haber arruinado mi proyecto de ciencias? Porque si es así…

—Todavía me siento mal por eso —dice Víctor avergonzado.

—No te tienes que sentir así. Ya te perdoné.

—Lo hago por eso y por otra cosa —dice Víctor mirando fijamente el libro—. Yo seré el primero de mi familia en graduarme de la secundaria algún día. Así que sé lo que sientes queriendo hacer algo bueno por tu familia.

—¿El primero en graduarse de la secundaria? —pregunto asombrada. Lamento sonar tan sorprendida, pero ya lo dije y ahora no lo puedo cambiar—. Lo siento, no quise…

—Lo sé. Todos los estudiantes de Sendak tienen padres educados y ricos. Mis padres nunca pasaron del sexto grado. Yo soy como Billy Mills, que todos esperan que pierda, pero saldré adelante. Ya lo verás.

—¿Pero por qué no pasaron del sexto grado? —pregunto.

—Eran muy pobres en México. Mi papá tenía que trabajar para ayudar a su familia y no pudo terminar la escuela.

Mi mamá vivía en un pueblito y tenía que ir a otro pueblo para ir a la escuela. Aunque quisiese, su familia no tenía el dinero para enviarla a ella ni a sus hermanos a la escuela. Has visitado México, ¿no? Bueno, entonces sabes cómo es la situación de las familias pobres de allá.

—Lo sé.

Hace dos años mi familia viajó con mi bisabuelo al pueblo donde su mamá nació en México. Ahora que lo pienso, ese fue uno de los últimos viajes que Abue hizo antes de que el doctor le dijera que viajar era un riesgo para su salud. Cuando estábamos en México, nos quedamos casi todo el tiempo en un hotel en la playa donde todo era muy bonito, pero cuando salimos de allí para ir al pueblito de mi bisabuela, visitamos lugares donde no había calles asfaltadas y las casas estaban hechas con todo tipo de cosas: bloques, bolsas de basura, pedazos viejos de madera y aluminio. Niños con ropas harapientas vendían chicles y flores plásticas en las calles.

Bajo la cabeza porque la historia de Víctor es muy triste. Me siento mal por las personas que no tienen lo que necesitan. Me quejo muchísimo de la escuela, pero al menos yo puedo ir a la escuela y no tengo que vender chicle en las calles para poder comer. Y mi escuela tiene aire acondicionado en los días calurosos, tiene agua corriente en los baños, en la cafetería sirven pizza, tenemos una cancha de fútbol y una biblioteca llena de libros y computadoras.

—Me toca a mí ser el primero y enseñarle a mi hermano y a mis hermanitas que ellos también lo pueden lograr —dice Víctor—. ¿Sabes? He solicitado ir a Bishop Crest.

—Yo voy también para allá. Todos en mi familia van a esa escuela —digo emocionada. También es la escuela donde van todos los estudiantes de Sendak, si no lo hacen *requetemal* y si sus familias pueden pagar, que son la mayoría—. Disculpa que te pregunte, ¿pero tu familia puede pagar? ¿Tienes escondido un tesoro en algún sitio? —añado en tono de broma.

—No. Por eso es que necesito una beca. Si no me la dan, tendré que ir a otra escuela intermedia y no te veré más —dice Víctor.

—Estoy segura de que te darán una beca —digo sonriendo. No quiero ser yo la que destruya sus sueños—. Pero seguiremos siendo amigos a donde quiera que vayas —añado, porque es lo que siento.

—Gracias, Allie. El problema está en que no pienso parar después de graduarme de la secundaria. Pienso ir a una universidad que se llama MIT para estudiar ingeniería. ¿Y tú? ¿Irás a Harvard como Adriana?

—Bueno… —digo frunciendo el ceño. Al parecer Víctor sigue pensando que Adriana me va a dejar a mí y a mi estúpida familia por irse lejos a una de las mejores universidades del país—. Primero tengo que ganar este concurso. Tengo que dejar un legado en Sendak.

—Lo conseguirás —dice Víctor—. Simplemente, no te des por vencida.

—No me daré por vencida si tú no te das por vencido —digo.

—Pues hagamos un trato —dice Víctor extendiendo la mano.

Le doy la mano para cerrar el trato y no puedo parar de sonreír. Comienzo a pasar las páginas del libro que tengo delante de mí. Víctor también pasa las páginas del suyo. Le sonrío cuando no me está mirando. ¿Tendría Billy Mills a alguien como Víctor en su vida? ¿Un amigo que lo ayudara a cruzar la meta final? Estoy segura de que sí. Por alguna razón, cuando estoy cerca de Víctor siento que puedo ganar cientos de premios.

CAPÍTULO 13

Lo primero que hago cuando llego a la casa de mi bisabuelo es darle un gran beso en la mejilla y buscar el álbum de fotos. La fecha de entrega del concurso es la próxima semana y no quiero perder ni un minuto.

En la mesa del comedor comienzo a trabajar en el guión fotográfico y a sacar del álbum las fotos que voy a usar. Mis favoritas son las fotos de mi bisabuelo vestido de soldado. Encuentro una de él y otro soldado con palas en las manos. Están cavando una trinchera.

—Abue, ¿cuán profundas eran las trincheras? —pregunto.

Mi bisabuelo se acerca y se sienta a la mesa. Toma la foto que tengo en la mano y la mira detenidamente.

—Tenían que ser lo suficientemente profundas para que un soldado pudiese dormir, sentarse y pararse en ellas. Diría que seis pies de profundidad —dice mi bisabuelo devolviéndome la foto—. Si no estábamos combatiendo, estábamos cavando trincheras. Dormíamos, comíamos y jugábamos cartas en ellas.

Me parece que las trincheras son lo suficientemente grandes para que quepa un ataúd, pero no lo digo.

—¿Era muy incómodo dormir en una trinchera? —pregunto.

—Con el tiempo te acostumbras a la tierra, a la lluvia, al lodo. Cualquier cosa es mejor que las balas —dice guiñándome un ojo.

No sé qué decirle, pero agradezco que ninguna bala le haya dado.

—Creo que ya tengo lo que necesito, Abue. Escogí mis fotos favoritas. Solo me gustaría tener una más; una tuya con tu Medalla de Honor. Creo que esa es la más importante. Una foto tuya de ahora con la medalla.

—¿Tú crees? —pregunta Abue.

—Mostraría todo lo que has logrado en la vida —digo.

Suena el timbre de la puerta. Mi bisabuelo se levanta a

contestar y entran Sara y Hayley. Siento que se me contrae cada músculo del cuello; así que miro el álbum de fotos tratando de parecer concentrada. Cuando Sara pasa a mi lado, camino a tomar una limonada en la cocina, me saluda fríamente.

—Hola, Allie.

No le respondo y mi bisabuelo se da cuenta. Me da unas palmaditas en el hombro. Para no disgustarlo, saludo a Sara y a Hayley.

—¿Qué tal?

Supongo que debería estar contenta de que Sara me dirigiera la palabra, sobre todo después de haberle colgado el teléfono, pero siento que su presencia en casa de mi bisabuelo es como una invasión enemiga. Desearía tener una trinchera donde esconderme. Cuando terminan de tomar limonada, van a la sala. Por el rabillo del ojo, veo a Sara sentándose en el sofá y sacando una pluma y un cuaderno.

—Allie, *mija*. ¿Por qué no te sientas con nosotros? —grita mi bisabuelo desde la sala—. ¿Les importa? —les pregunta a Sara y a Hayley.

—Como quieras, Abue —dice Sara después de unos segundos.

—Está bien, Sr. Velasco —dice Hayley.

—Qué bueno —dice Abue.

Agarro mi vaso de limonada y voy a la sala. Me siento en la silla al lado de mi bisabuelo.

—Abue, gracias por dejarnos venir a entrevistarte. Estoy componiendo una canción sobre ti para el concurso Pioneros de Kansas. Estoy segura de que Allie te contó —dice Sara, y mi bisabuelo asiente—. Me gustaría que fuera un corrido mexicano en tu honor.

Pongo los ojos en blanco. ¡Debería estar escribiendo sobre alguien de su familia y dejar la mía en paz!

—*Mija*, me encantará ayudarte. Ya sabes cómo me gusta un buen corrido —dice Abue—. Somos amigos desde hace mucho tiempo… Allie, ¿hace cuánto que se conocen tú y Sarita?

Miro los cubos de hielo en el vaso de limonada.

—Creo que desde que teníamos cuatro años. No me acuerdo bien —respondo.

—¡Como pasan los años! —dice mi bisabuelo sonriendo.

—Así mismo —dice Sara.

—Es maravilloso tener amigos así —dice mi bisabuelo mirándonos a Sara y a mí—. Todos mis amigos de la infancia están muertos. Los sobreviví a todos. ¿Pueden creerlo? Así como me ven —añade, dándole un golpecito al bastón y echándose hacia atrás en el sillón.

Sara y Hayley sonríen mientras yo cuento los cojines del sofá que tengo delante.

—Bueno, necesito que me cuentes tu historia. ¿Me podrías hablar de la guerra? —pregunta Sara tan suavemente que me hace recordar cuando ella usaba ese tono de voz para conversar conmigo. Ahora en la escuela habla como Hayley; en un tono de voz chillón y tan desagradable como la alarma de un reloj, con la diferencia de que no hay un botón para apagar la alarma. Ojalá lo hubiese para presionarlo ahora mismo—. Sé que es difícil hablar de la guerra, pero recuerdo que en el documental… —continúa diciendo Sara.

—¿Viste el documental? —pregunta mi bisabuelo sorprendido.

—Nuestra clase fue a verlo —responde Sara.

—Cuánto lo siento. Debió de ser muy aburrido —dice Abue.

—A mí me gustó. A todos nos gustó —dice Sara mirándonos a Hayley y a mí.

—Mucho mejor que leer un libro sobre la guerra —dice Hayley.

A mi bisabuelo le parece tan simpático lo que acaba de decir Hayley que ríe y se da golpecitos en el muslo.

—Bueno, eso y el hecho de que el documental fuera sobre alguien a quien conocemos —dice Sara, y me mira sonriendo—. Después de verlo, todos en la clase le pidieron a Allie que les consiguiera un autógrafo tuyo. ¿Te acuerdas, Allie?

—Sí —digo, pero sin sonreír.

—Pensamos cobrar por cada autógrafo, pero nos arrepentimos en el último minuto —confiesa Sara.

No puedo creer lo que está diciendo. Aunque cambiamos de idea, nunca le conté a mi bisabuelo lo que pensábamos hacer porque no lo habría aprobado. Pensábamos cobrar un dólar por cada tarjeta autografiada para poder hacer una fiesta con DJ y todo al final del curso.

—¿Por eso fue que tuve que firmar tantas tarjetas? —pregunta mi bisabuelo.

Trato de no reírme, pero no puedo aguantarme cuando Sara se echa a reír.

—No te preocupes, no le cobramos a nadie. Te lo prometo —digo.

—Así que nunca cobraron, ¿eh? Al final les remordió la conciencia —dice Abue.

Sara me mira como si acabara de recordar algo.

—Fue muy divertido —dice.

Hayley se retuerce en el asiento como si estuviera sentada encima de una montaña de brillo labial o como si hubiera visto el fantasma de nuestra amistad. Ella y Sara no comparten tantos recuerdos como nosotras. ¿Qué te parece, Hayley?

—El documental dice que entraste al ejército cuando tenías solo diecisiete años y que mentiste sobre tu edad para que te permitieran enlistarte. ¿Por qué era tan importante para ti pelear en la guerra? —pregunta Sara.

Mi bisabuelo se incorpora.

—Me enlisté por dos razones. Hitler era un hombre muy malo que necesitaba que le dieran una buena bofetada y pensé que podía ayudar a Estados Unidos a dársela.

Las tres nos echamos a reír.

—La segunda razón fue que quería una vida mejor para mi mamá y mi hermanito y para mi familia futura. Sabía que existía la posibilidad de morir, pero me parecía que valía la pena. Tenía que tratar de alcanzar el sueño americano del que todos hablaban y sabía que tendría que ir a la guerra para alcanzarlo.

—¿Crees haberlo conseguido? ¿El sueño americano? —dice Sara.

El corazón me palpita rápidamente. Mi bisabuelo estaba pensando en mí aún sin conocerme. Pensando en su familia futura y dispuesto a sacrificar su vida por ella. Espero ansiosa su respuesta.

—Sí, *mija*. Lo conseguí —dice Abue perdido en sus pensamientos—. Me salió caro, pero creo que conseguí el sueño americano.

Sé que cuando dijo "me salió caro" estaba pensando en

su hermanito, que murió mientras él estaba en la guerra, y en su mamá, esa mamá que yo tanto le recuerdo, a la que perdió poco después de regresar de Europa. Mi bisabuelo pasó muchos años solo después de la guerra sin nadie que lo ayudara. Me entran ganas de llorar, pero me controlo. No voy a llorar delante de Sara y Hayley. Tomo un poco de limonada y pienso en algo chistoso como las crías de perezoso, pienso en el helado de chocolate…

—¿Vio a alguien morir? —pregunta Hayley.

—Hayley —digo molesta.

La cara de mi bisabuelo se contrae como si tuviese un ataque de tos. No soporto a Hayley.

—No tienes que contestar esa pregunta —dice Sara.

—Es una buena pregunta —dice mi bisabuelo—. Es una pregunta honesta. Y te voy a responder honestamente para que comprendas a pesar de ser tan joven.

Sara se endereza y se alista a tomar nota.

—Durante todo el tiempo que estuve en la guerra había hombres jóvenes muriendo a mi alrededor. La guerra parece muy romántica en las películas, pero la verdad es que es horrible. Llevaba solo unos pocos días en Europa cuando un amigo mío murió frente a mí. Hoy en día apenas logro recordar mi dirección y mi teléfono —dice mi bisabuelo—, sin embargo, recuerdo muy bien la cara y el nombre de mi amigo.

—¿Y qué hiciste? —pregunta Sara.

—Me quedé como hipnotizado. Me congelé. Así que el sargento me cogió por el cuello de la camisa y me gritó que los hombres no lloran. Me puso en las manos el radio y me dijo que me levantara y siguiera. —Mi bisabuelo se echa hacia atrás en el sillón—. Luego comprendí que el sargento me estaba enseñando a sobrevivir —dice. Hace una pausa y cierra los ojos. Me pregunto si se ha transportado mentalmente a Italia—. Pero la verdad es que los hombres sí lloran y no hay nada de malo en eso —añade mi bisabuelo abriendo los ojos, que ahora están húmedos.

Sé que no puede continuar.

—¿Estás bien, Abue? —pregunto—. Creo que es suficiente por hoy.

Sara asiente con la cabeza.

—¿No podría contestar unas preguntas más? —dice Hayley.

—Hayley, ya —dice Sara cerrando el cuaderno—. Es suficiente. Tengo suficiente.

El tono de voz de Sara me sorprende. Hayley hace una mueca. Me gustaría lanzarle un cojín, pero la expresión de Sara me detiene.

—Lo siento —dice Sara—. No quisimos ponerte triste, Abue.

Mi bisabuelo nos toma las manos.

—Perdónenme. Los recuerdos son duros. Ustedes tendrían más posibilidades de ganar si escogieran otro tema en lugar de hablar de un viejo como yo. ¿A quién le va a gustar escuchar una canción sobre un viejo?

—A mí —digo.

—Muchas gracias, Abue. Te prometo que escribiré un buen corrido para ti —dice Sara, y se pone de pie para marcharse. Hayley hace lo mismo.

—Sé que te quedará muy bien, *mija* —dice mi bisabuelo levantándose lentamente del sillón y dándoles un abrazo de despedida a las dos.

Sara se voltea hacia mí.

—Te veo en la escuela, Allie. Que no se te olvide que el lunes es el Día de los Inocentes —dice saliendo por la puerta con Hayley.

—Es cierto —digo.

Y me alegro de que me lo recuerde porque a todos en Sendak les encanta celebrar el Día de los Inocentes. No cierro la puerta inmediatamente después de que se van, y veo que a medida que se alejan, Sara le habla muy seriamente a Hayley. No puedo escuchar, pero Sara no se ve contenta. Por primera vez en mucho tiempo pienso que quizás aún hay esperanza de que Sara y yo podamos volver a ser amigas.

CAPÍTULO 14

El lunes puede ser el Día de los Inocentes, pero hoy sábado, 30 de marzo, Adriana cumple diecisiete años. Y como ella imparte tutoría los sábados en el centro comunitario, mi familia le va a llevar al centro un inmenso pastel de cumpleaños y una piñata. A Adriana le encanta celebrar su cumpleaños con los niños del centro. El año pasado, el día de su cumpleaños, algunos tutores bailaron una coreografía con la canción favorita de mi hermana. Al final de la coreografía, nos invitaron a todos a bailar. La pasamos fenomenal.

Después, los niños pequeños le cantaron a Adriana *Las mañanitas*. Fue muy bonito.

Cuando llegamos al centro, ya está decorado con globos rojos y un cartel inmenso que dice *¡Feliz cumpleaños, Adriana!* colgado del techo. El centro está tranquilo porque la tutoría aún no ha terminado. Todos están en el salón de inglés o de matemática. Solo el responsable del programa, el Sr. Cushinberry, está allí para recibirnos y decirnos dónde poner el pastel. Mientras Aiden y Ava sacan los platos, las servilletas y los tenedores que hemos traído, ayudo a mi mamá a preparar el ponche de frutas, pues me ha dicho que desea hablar conmigo.

—¿Cómo te va con el proyecto del concurso de pioneros? —me pregunta mi mamá—. ¿Tienes todo lo que necesitas?

—Eso creo. Trabajé muchísimo anoche, pero todavía me falta.

—Así me gusta. Te pregunto porque me gustaría darte algo —dice dejando de echar *ginger ale* en la jarra del ponche y sacando una cámara de su cartera—. Es una cámara vieja del trabajo, pero pensé que la podrías usar para tu proyecto.

—¿Es una antigüedad? —dice Aiden señalando la

cámara—. ¡Ja! Lo que faltaba. Ahora Allie tiene que andar con una cámara vieja colgada al cuello.

—Oiga, señorito, esta es una cámara digital de las mejores. Tú ocúpate de las servilletas —dice mi mamá y se voltea hacia mí—. Pensé que te podría ayudar. Las fotos de los teléfonos celulares no son buenas para este tipo de concurso y me gustaría que tuvieras la oportunidad de ganar. —Me da un beso en la frente—. Recuerda, los mejores fotógrafos pueden contar toda una historia con una sola imagen.

—Escucha a tu mamá. Ella es una reconocida reportera de noticias y esta noche volverá a ganar el premio a la mejor reportera —dice mi papá estampándole un beso en la mejilla a mi madre antes de ir a colgar la piñata con el Sr. Cushinberry.

Me cuelgo la cámara al cuello. Es pesada, pero con gusto me colgaría una roca del tamaño de México si supiese que eso me ayudaría a ganar el concurso.

—¿Vas a volver a ganar? —le pregunto a mi mamá.

—No lo sé. Ya he ganado tres años seguidos. Quizás es hora de que otro reportero gane, ¿sabes? —dice limpiándose las manos en el delantal.

—¿Te entristecería no ganar?

—No voy a mentir, uno se siente muy bien cuando gana,

Alyssa —dice mi mamá sonriéndome—. Es bueno que le reconozcan a uno su trabajo.

—Y te dan un trofeo, ¿no?

—Sí. Me dan un trofeo, pero el reconocimiento es lo que importa.

Alzo la cámara y miro por el lente. Quizás esta es la cámara que necesito para tomar una foto de mi bisabuelo con la Medalla de Honor. Tomo una foto de mi mamá, y ella se echa a reír. Luego posa con la jarra de ponche como una de esas mujeres que aparecen en los programas de cocina de la televisión.

—Mi madre, la reconocida reportera de noticias y la mejor preparadora de ponche del mundo —digo.

—Mami, ¡no es justo!, Aiden tiene una tarjeta de cumpleaños para Adriana y yo no —gime Ava—. Solo puse dinero en un sobre. ¿Crees que sea suficiente? —añade Ava sacando un sobre blanco de su cartera.

—¿Cuánto le vas a regalar? —dice Aiden quitándole el sobre de la mano a Ava.

—No es para ella. Es para la beca —dice mi mamá mientras Aiden abre el sobre.

—¡Cincuenta dólares! —exclama Aiden—. Te estás haciendo rica con todos esos comerciales de televisión, ¿no?

—Sí, ¿y qué? —dice Ava.

—Aiden y Ava, no se trata del dinero sino de la causa a la que están ayudando —dice mi mamá negando con la cabeza.

Me acerco a mirar el billete nuevo de cincuenta dólares. Ulysses S. Grant me mira fijamente. Adriana les ha dicho a todos que no quiere que le hagan regalos de cumpleaños. Desde que fundó el programa de tutoría ha pedido que en lugar de regalarle a ella, donen dinero a la beca "Es tarea de todos", para que dos tutores puedan asistir a una buena escuela.

—Y tengo más dinero, pero mami y papi quieren que lo guarde en una cuenta en el banco —suelta Ava—. Mami dice que es para mi futuro. —Ava le quita el sobre a Aiden de la mano y lo pone en su cartera—. Pero mi futuro está en Hollywood.

Aiden suelta un resoplido y mi mamá pone los ojos en blanco.

—Sí, Ava, pero siempre es bueno estar preparado en caso de que las cosas no salgan como uno quiere —dice mi mamá.

—Eso es para los fracasados —dice Aiden—. Al menos eso es lo que dice mi instructor.

Mi mamá respira profundo.

Me pongo a colocar los vasos plásticos al lado de la jarra de ponche. Mami me besa la cabeza y se pone a ayudar a mi papá con la piñata. Dentro de la tarjeta que le hice a Adriana hay veinticinco dólares. Sé que no es mucho. No son cincuenta dólares. Pero a diferencia de Ava, el dinero me lo he ganado haciendo quehaceres en la casa. Además, mi bisabuelo me dio cincuenta dólares por ir a la tienda con él, aunque le dije que no me tenía que pagar. Si le acepté el dinero fue porque le dije que lo donaría para la beca. Y hablando de la beca…

—Aiden, ¿conoces a un chico que se llama Víctor García que viene aquí a recibir tutoría de matemática? Es de Texas.

—¿El chico con las hebillas grandes en el cinturón? —dice Aiden.

Le digo que sí con la cabeza. Sin duda alguna es Víctor García.

—Sí, lo conozco, viene aquí, pero no a recibir ayuda sino como tutor.

Dejo las servilletas.

—¿Qué? —pregunto sorprendida.

—Es casi tan bueno como yo en matemática. Casi. Lástima que no puedo decir lo mismo de él como jugador de fútbol —dice Aiden soltando una risita.

—¿Estás seguro de que es tutor de matemática?

—Claro. Lo sé porque yo también soy tutor.

Me siento confundida. Durante todo este tiempo había pensado que Víctor recibía tutoría porque la matemática está muy difícil este año.

Arreglo las servilletas y voy hasta el salón donde dan tutoría de matemática para ver por mí misma. Cuando entro al salón, veo a Víctor sentado a una mesa con otros cuatro chicos. Lleva puesta una camiseta roja con el nombre del programa de tutoría, como todos los otros tutores.

—¡Hola, Chica Volcán! —grita Víctor cuando me ve. Se levanta y se acerca a mí—. ¿Viniste a celebrar el cumpleaños de Adriana?

—¿Por qué no me dijiste que eras tutor de matemática? —pregunto.

Víctor sonríe, primero se mira los pies y luego me mira a mí con sus cálidos ojos marrones.

—Te dije que conocía a Adriana del programa de tutoría. Tú fuiste la que pensaste que yo necesitaba ayuda en matemática —dice.

Siento que la cara se me pone roja de vergüenza, así que bajo la vista y me pongo a mirar mis sandalias. Tiene razón. Supuse que necesitaba ayuda en matemáticas. No sé por qué lo pensé.

—No te preocupes, Allie, estoy acostumbrado a que la gente me subestime. No eres la primera —añade Víctor amablemente.

—Esa es una competencia en la que no querría quedar de primera —digo porque es lo que realmente siento. Soy una estúpida.

—Cuando mis padres me matricularon en Sendak, mi nota en el examen de entrada fue tan alta que la escuela pensó que había hecho trampa. No lo dijeron, pero nos miraron de arriba abajo a mi familia y a mí pensando que...

—No podías ser tan inteligente.

—Exacto.

—Eso no es justo —digo, y recuerdo la historia que me hizo mi bisabuelo de cuando los rechazaron a él, a su mamá y a su hermanito en cada escuela a la que iban.

Víctor se encoge de hombros.

—Me hicieron volver a tomar el examen, y esta vez fue en la oficina del subdirector. No me quitó los ojos de arriba hasta que terminé el examen. Me sentía fatal, pero volví a pasar el examen.

—Me alegro mucho, Víctor —digo.

Víctor sonríe. Por todo el salón hay carteles de científicos famosos, astronautas y genios tecnológicos como Steve Jobs y Bill Gates. Sin embargo, voy hasta el cartel de Sonia

Sotomayor, la primera jueza hispana de la Corte Suprema. El día de su juramento, Adriana celebró como si fuera fin de año.

—¿Sabes lo que esto significa, Allie? —me preguntó—. Durante mucho tiempo, la Corte Suprema estuvo compuesta solo de hombres, y ahora cuenta con dos mujeres, y una de ellas es latina como nosotras.

Más tarde, Elena Kagan fue también nombrada jueza de la Corte Suprema, así que ahora son tres mujeres.

—Me pregunto si cuando Sonia Sotomayor era niña pensó que alguna vez sería la primera jueza hispana de la Corte Suprema. ¿Habrá soñado con eso? ¿Habrá sido la primera también en otras cosas? —digo observando la sonrisa en el rostro de Sonia.

—Fue la primera de su familia en ir a una de las universidades élite de los Estados Unidos. Como lo será Adriana —dice Víctor.

—¿Tendría Sonia Sotomayor una hermana más chiquita que no quería que se fuera tan lejos? —pregunto.

—Eso no lo sé —responde Víctor—. ¿Por qué estás en contra de que Adriana vaya a Harvard? No a todo el mundo lo aceptan, ¿lo sabías? Tú deberías estar más contenta que nadie.

Sé que tiene razón. Debería estar feliz, pero voy a extrañar mucho a mi hermana.

—No quiero que se vaya tan lejos. Ella es la única que me ayuda —digo.

—¿La única? —dice Víctor cruzando los brazos y mirándome fijamente—. ¿Y tu bisabuelo? ¿Y yo?

La manera en que me mira hace que me sonroje. De nuevo tiene razón. Él ha sido un buen amigo.

—¿Has oído de la beca y si te aceptaron en Bishop Crest? —pregunto.

Víctor niega con la cabeza.

—Aún no. Y estoy desesperado.

Recuerdo entonces cuando yo misma estaba esperando una respuesta. Estaba segura de que me aceptarían. Asistí a una excelente escuela desde kindergarten, y mi papá y Adriana se graduaron de Bishop Crest. Aiden es una estrella en el equipo de fútbol de la escuela. Por supuesto que me iban a aceptar, pero aun así deseaba recibir la respuesta cuanto antes. Mientras más se demoraba la respuesta, más me desesperaba. Sara y yo nos enviábamos mensajes de texto todos los días para ver si alguna había recibido la respuesta. Cuando finalmente llegó el sobre color crema con el logo de Bishop Crest durante el verano, Sara y yo celebramos por todo lo alto con batidos de fruta y yogurt.

—No te preocupes, Víctor. Cuando llegue la carta, vamos a celebrar —digo.

La puerta se abre y los cuatro hermanitos de Víctor entran en el salón y se le lanzan encima. Son tan lindos y pequeñitos como cuando los conocí en la feria de ciencias.

—¿Cómo les fue hoy en las clases? —pregunta Víctor alborotando el pelo de su hermanito. Todos le muestran una pegatina con una estrella dorada—. Estoy tan orgulloso de ustedes —dice Víctor dándoles un beso en la cabeza a cada uno, y sus caritas se iluminan como las velas de un pastel—. ¿Le van a cantar *Las mañanitas* a Adriana? —Los cuatro se echan a reír—. Qué bien.

—¿Les puedo tomar una foto? —pregunto.

Mientras tomo las fotos de sus rostros sonrientes, siento que se me pone la carne de gallina. El cariño que Víctor siente por sus hermanos me hace recordar a mi bisabuelo.

—¡Muy bien! —digo.

Voy a extrañar mucho a Víctor el próximo año si no va a Bishop Crest. Me muerdo el labio inferior preocupada. Tengo que hablar con Adriana. Ella puede ayudar a Víctor. Pero primero tengo que saber si realmente irá a Harvard. Ojalá nunca hubiese solicitado la entrada. Si se va a Harvard y me deja, ¿por qué tengo que ser la última en enterarme?

CAPÍTULO 15

Después de la piñata, la serenata, el baile y el pastel, regresamos a casa muertos de cansancio. Víctor me enseñó a bailar cumbia texana y bailamos sin parar por una hora. Fue divertidísimo. Con mi nueva cámara, tomé un montón de fotos de Adriana y de mi bisabuelo bailando.

Adriana se ha duchado, se ha cambiado y ha salido con sus amigas a comer pizza e ir al cine por su cumpleaños. Desde la ventana de mi habitación, la vi montar al jeep de Michelle. Me muero de ganas de ser grande y poder salir con mis amigas como ella. Debe de ser espectacular andar por ahí sin que los padres de uno lo estén molestando. Pero como van las cosas con Sara, tendré mucha suerte si alguna vez tengo una amiga que quiera ir conmigo a celebrar mi cumpleaños. Al menos ahora tengo a Víctor. Quizás algún día él y yo podamos ir juntos a ver una película y a comer pizza por mi cumpleaños. Eso sería genial.

Mis padres se cambiaron rápidamente, se pusieron muy elegantes y salieron para la ceremonia de premiación. Estoy segura de que mañana habrá un nuevo y brillante trofeo de mi mamá junto a sus otros trofeos. Antes de irse, mi mami dijo que Aiden se quedaba a cargo, lo cual me conviene, porque se la pasará jugando videojuegos toda la noche y me dejará tranquila. Todavía tengo que trabajar muchísimo en mi presentación. He terminado el guión fotográfico y escaneado todas las fotografías viejas, pero aún me falta organizar las fotos y escribir el texto. Escribo "un verdadero pionero" debajo de la primera foto, pero ahora me pregunto si la foto de mi bisabuelo cavando una trinchera debería ser la primera. ¿Quizás debería comenzar con la foto en la que está en Italia con sus amigos? ¿O usar la foto en la que se ve tan joven con su uniforme camino a la guerra?

Muevo la foto de mi bisabuelo con uniforme y la pongo de primera. Tenía diecisiete años cuando se tomó esa foto. ¿Sabría entonces cuánto cambiaría su vida? ¿Sabría que alguna vez sería un gran héroe? ¿O cuánto lo querrían sus bisnietos? Por supuesto que no lo sabía, pero me gusta pensar que sí. Quizás algún día un niño mirará mi foto y les dirá a sus amigos "Esta es mi bisabuela, Alyssa Velasco. Era una gran fotógrafa y ganó un concurso de fotografía cuando tenía solo diez años". Cuando termino de poner unas cuantas fotos más y añadirle texto me siento muy cansada. Voy hasta la cama y me meto debajo de la colcha todavía con la ropa puesta cuando siento que Adriana ha llegado a casa. La oigo en la parte superior de la escalera y la llamo.

Adriana asoma la cabeza en mi habitación con Sigiloso en los brazos.

—¿Qué tal, hermanita? —dice.

—Quiero mostrarte mi proyecto fotográfico para el concurso —digo.

—Qué buena idea —dice Adriana.

Me bajo de la cama y tomo mi computadora portátil del piso. Adriana se sienta en la cama y le paso la computadora.

—¿Cómo estuvo la película? ¿Fueron a ver la de miedo de los niños en la tumba egipcia?

—No, aunque teníamos que haber visto esa. Fuimos a ver otra un poco tonta —dice Adriana frunciendo el ceño—. Pero nos divertimos.

Mi hermana se queda callada y empieza a pasar las fotos de mi presentación. Veo que sus ojos marrones saltan de imagen en imagen. Sigiloso quiere arañar la pantalla de la computadora y Adriana lo hala hacia su regazo para acariciarlo. Mientras Adriana mira la presentación, admiro lo bonita que luce. Tiene el pelo largo recogido en un moño encima de la cabeza. Lleva jeans azules oscuros y una camisa blanca debajo de una chaqueta rosada que me encanta porque tiene muchos zíperes.

—Es un buen comienzo, Allie —dice Adriana finalmente, y siento que el corazón me salta en el pecho—. Pero vas a añadir fotos originales, ¿no?

Le digo que sí con la cabeza.

—Voy a tomar una foto de Abue con su Medalla de Honor para el final. ¿Te parece bien?

—Eso sería genial, ¿pero qué opinas de una foto de Abue con toda la familia? ¿O con sus amigos del centro de veteranos? Esta presentación está llena de fotos de la guerra. Abue fue a la guerra para garantizar un futuro mejor para su familia. Eso es lo que a mis ojos lo hace un pionero —dice Adriana.

Me muerdo el labio inferior. Una foto aburrida de familia no me suena a material de concurso, mientras que una foto de Abue con su Medalla de Honor por su papel en la Segunda

Guerra Mundial inspirará a la gente y me ayudará a ganar el primer lugar. De eso estoy segura.

—Piénsalo —dice Adriana—. Pero estoy segura de que cualquier cosa que se te ocurra será espectacular.

Mi hermana se levanta de la cama y me devuelve la computadora.

—Adriana, ¿por eso es que quieres ir a Harvard? ¿Para ser también una pionera?

Adriana me mira sorprendida y siento que me están dando golpes como si fuera una piñata.

—Harvard queda muy lejos —digo, y siento que las lágrimas se asoman a mis ojos, algo que detesto porque no quiero parecer una chiquilla.

—Vamos, hermanita, no llores —dice Adriana sentándose de nuevo a mi lado y halándome hacia ella. Recuesto mi cabeza en su hombro, y pienso que mi hermana huele a cítrico, como si fuera una toronja a la que le han espolvoreado azúcar. Adriana me abraza con fuerza—. ¿Me puedes escuchar?

De nuevo le digo que sí con la cabeza.

—Lo fácil sería ir a una escuela de por aquí, quedarme en la casa con ustedes… eso sería muy sencillo. Pero me han ofrecido una gran oportunidad. Harvard, Allie. Nadie de nuestra familia ha sido aceptado en una de las universidades élite de este país. Y no importa cuánto miedo tenga, debo ir porque lo estoy haciendo por ustedes y por todos los niños del programa de tutoría, para demostrarles que ellos también lo pueden conseguir.

—Pero no lo tienes que hacer por mí —digo casi llorando—. Yo quiero que te quedes.

—Ay, Allie —dice Adriana soltando un suspiro—. ¿Y si Abue nunca hubiese ido a la guerra? Lo hizo para darle el ejemplo a su familia futura. Dejar pasar la oportunidad de ir a Harvard porque tengo miedo o porque es más sencillo quedarme en casa sería darle la espalda a todo lo que él se sacrificó por nosotros. Comprendes, ¿verdad?

No quiero admitirlo, pero lo comprendo. Es como lo que pasó esta mañana con la piñata. Después de que todos los niños la golpearon sin poder romperla, una de las hermanitas de Víctor vino con el palo y le abrió un gran hoyo y los dulces y las monedas salieron volando. A la hermanita de Víctor le pareció injusto que cuando se quitó el pañuelo de los ojos la mitad de los dulces ya había desparecido porque los otros niños los habían tomado. Víctor y yo tratamos de animarla diciéndole lo felices que había hecho a esos niños. Víctor hasta le dijo que gracias a ella los otros niños tenían dulces. Pero no sirvió de nada. Solo dejó de llorar cuando le traje una bolsa llena de dulces.

—Comprendo —dije finalmente—. Tú y Abue son rompedores de piñatas. Ustedes son verdaderos pioneros.

—Rompedores de piñatas o no, no me voy a sentir bien yéndome de casa si no estás de mi parte. Tú eres mi hermana, y siempre vamos a estar juntas, no importa cuán lejos estemos la una de la otra, ¿lo sabes?

—Yo no me voy a ningún sitio —murmuro.

—No te irás ahora, pero tengo el presentimiento de que algún día viajarás por todo el mundo. Aprenderás nuevos idiomas y explorarás otras culturas. Lo sé, Allie.

—Eso sería genial —digo finalmente con una sonrisa.

Lo cierto es que me encantaría recorrer el mundo tomando fotografías. Quizás algún día pueda trabajar para una revista e ir a Guatemala a tomar fotos del Volcán de Fuego de verdad. Podría visitar pueblos en el norte de África e Italia donde mi bisabuelo estuvo peleando en la guerra. Podría entrevistar a Junko Tabei y tomar su foto con el pico.

—¿Te puedo pedir un favor, Adriana? Se trata de Víctor.

—¿Víctor García? ¿El tutor? —pregunta Adriana.

—Sí. Solicitó la entrada a Bishop Crest, pero aún no ha recibido respuesta. ¿Crees que podrías escribir una carta recomendándolo? Víctor no es de aquí y no conoce a nadie que lo pueda recomendar como los otros chicos de Sendak. Una recomendación tuya lo ayudaría muchísimo.

—Por supuesto. Víctor es un chico fenomenal. No tenía idea de que estaba solicitando la entrada a Bishop Crest. La escribiré mañana. Eso no es un problema —dice Adriana.

—Víctor será el primero de su familia en graduarse algún día de la escuela secundaria, pero primero necesita entrar. Si lo aceptan en Bishop Crest, solo faltaría buscar el dinero… —digo, y me quedo pensativa—. Quizás si gano el concurso podría darle los doscientos dólares del premio. Eso lo ayudaría, ¿no?

—¿Le darías todo el dinero del premio? Debe de caerte muy bien ese muchacho. ¿Te gusta? —dice Adriana, y comienza a hacer como si fuera una ambulancia: *"Ninoninoninonino"*.

Eso es algo que ella y yo hacemos cuando sabemos que alguien está enamorado. Siento que me sonrojo.

—No me importa el dinero del concurso. Solo quiero ser la primera Velasco que lo gane y quiero el trofeo para la estantería. Eso sería estupendo. Estoy cansada de ser la única que no ha ganado nada —digo.

Adriana me besa.

—Sé que eso te molesta mucho, ¿pero sabes una cosa? Las verdaderas recompensas no caben en una estantería. ¿Recuerdas?

—Abue siempre dice eso, pero…

—No hay peros que valgan. Eso es mucho más cierto de lo que puedes imaginar ahora —dice Adriana apagando la luz de la habitación—. Buenas noches, Allie. Verás que mañana será otro día lleno de oportunidades maravillosas.

Mi habitación está oscura, pero siento una luz cálida alumbrando mi interior. Espero que mi hermana tenga razón. Hasta ahora, el curso escolar ha sido horrible, así que me vendría muy bien una oportunidad maravillosa.

CAPÍTULO 16

Sé que hay pocas probabilidades, pero el lunes por la mañana saco medias de colores diferentes de la gaveta y me las pongo con zapatillas diferentes. Esa era una tradición mía y de Sara el Día de los Inocentes. La inventamos en tercer grado. Ambas nos poníamos medias disparejas y dos tipos de zapatillas todo el día. Por un segundo me preocupa que Sara rompa hoy la tradición porque me vería como una estúpida. Pero trato de no pensar en eso. Es una tradición y yo la puedo seguir si me apetece.

Cuando bajo las escaleras a comer rápidamente un plato de cereal, Aiden y Ava están desayunando tranquilamente. Se ven muy inocentes, pero los conozco bien. Tomo la caja de cereal del mostrador de la cocina y la inspecciono cuidadosamente para asegurarme de que el cereal no ha sido reemplazado por comida para gatos. Muevo la caja de un lado a otro para ver si le han echado arañas o cucarachas plásticas.

—¿Qué haces? —pregunta Aiden.

—Reviso la caja —digo encogiéndome de hombros.

—¿Por qué? ¿Acaso buscas un juguetito plástico de premio en el fondo? ¿No te parece que estás muy vieja para eso?

Ava suelta un resoplido.

—Es el Día de los Inocentes —digo mirando a Aiden y oliendo el contenido de la caja—. No voy a caer en ninguno de sus trucos.

—El cereal no tiene nada. Mira, estamos comiéndolo —dice Ava llevándose a la boca una cucharada de cereal.

No lo pienso más y echo cereal en un plato. Lo pruebo. Está bueno. Tomo el cartón de leche y lo vierto. Entonces, Aiden suelta una carcajada mientras Ava se ríe como un demonio en miniatura.

—Ahhhhh —grito. Acabo de echarle jugo de naranja al cereal—. ¡Cambiaron la leche por jugo!

—¡Inocente! —gritan Aiden y Ava a la vez.

Maldigo mi suerte y le doy el cereal a Sigiloso, pero ni él se lo quiere comer. No puedo creer que mis hermanos me hayan pescado con un truco tan viejo. Debía haberlo imaginado. Me sirvo otro plato de cereal y esta vez saco una jarra del refrigerador. La reviso. Contiene leche.

Cuando mamá y papá entran en la cocina quiero advertirles, pero Aiden me echa una mirada fulminante de hermano mayor que me congela. Mi mamá toma el cartón de leche para echarle leche al café. Aiden y Ava intercambian una sonrisa.

—Están demasiado callados esta mañana —dice mi mamá a punto de servirse leche, pero mi papá llega al rescate como el buen bombero que es y le quita el cartón de leche de la mano.

—Más vale revisar, querida. Que no se te olvide que hoy es el Día de los Inocentes. —Mi papá mira dentro del cartón—. Como lo sospechaba —añade, y se sirve un vaso de jugo de naranja.

Mi mamá mueve la cabeza sin poder creerlo.

—Casi me agarran —dice sirviéndose leche—. Por favor, tengan cuidado hoy con las bromas. Especialmente tú, Aiden…

Aiden se pone a protestar.

—No te hagas el inocente, Aiden. No quiero tener que ir hoy a la oficina del director por alguna broma pesada —dice mi mamá.

—Sería muy incómodo para tu mamá, la mejor reportera por cuatro años consecutivos, que la llamaran hoy a la oficina del director —dice mi papá alzando en alto el nuevo trofeo de mi mamá.

—¿Volviste a ganar? —grita Ava.

Todos corremos a darle a mami un gran abrazo.

—Está bien, no haré ninguna travesura hoy —dice Aiden dejando caer un montón de arañas y cucarachas plásticas sobre el mostrador de la cocina.

—Siento no poder decir lo mismo —dice Ava mostrando una bolsa plástica llena de galletas oreo rellenas de pasta dental. Seguramente se las ofrecerá a los niños de su clase, y hasta con las bocas llenas de pasta dental seguirán adorándola.

—Por favor, trata de ser amable con los chicos de tu clase —le dice mi papá.

—No prometo nada el Día de los Inocentes —dice Ava con una risita—. Esa es mi regla.

La Primaria Sendak es famosa por las bromas que hacen sus estudiantes el Día de los Inocentes. Todo el mundo, hasta el personal de la cafetería y la bibliotecaria, hace bromas,

¡pero los maestros son los peores! Es el día en que se desquitan de lo que los estudiantes hemos hecho durante el curso escolar. He logrado sobrevivir a sus bromas desconfiando de todo lo que dicen el 1ro de abril.

El año pasado, nuestro maestro nos dio un ejercicio de buscar palabras en la clase de inglés. Nos dijo que si toda la clase lo completaba en quince minutos, nos dejaría salir de la escuela una hora antes. Nos dio una hoja de papel con palabras que no existen. Sudamos la gota gorda mientras el reloj marcaba los minutos. El maestro, por su parte, leía el periódico y tomaba café.

Por esa razón, no confío en ningún maestro el Día de los Inocentes. El viaje de fin de curso no ha sido cancelado. La nota del examen de matemática de hoy no representa el 99 por ciento de la nota final. El especial del almuerzo no es pizza con lombrices. Todo es una gran broma.

Así que cuando la Sra. Wendy anuncia que los estudiantes van a presentar lo que tenemos hecho para el concurso Pioneros de Kansas para que todos puedan comentar y así ayudarnos unos a otros, pienso que se trata de una broma. Aún no he terminado mi proyecto. ¿Y qué quiere decir con eso de comentar y ayudarnos unos a otros? Es el Día de los Inocentes. Si no le gusta lo que hemos hecho, ¿nos lanzará lombrices?

Miro alrededor de la clase. ¿Acaso alguien piensa presentar lo que tiene hecho para el concurso? Sara mira hacia atrás, a su guitarra. Grace camina hasta el frente de la clase.

—Voy a enviar al concurso un poema que he escrito en honor a mi mamá, quien es una verdadera pionera —dice—. Mi mamá me ha criado sola y la admiro muchísimo por tener su propio negocio.

El poema de Grace es largo y en rima. Cuando termina, todos aplaudimos.

—¿Tienen algún comentario sobre el poema de Grace? —pregunta la Sra. Wendy.

Levanto la mano.

—Me gustó la rima —digo—. Y realmente demuestra cuánto quiere a su mamá.

Grace se voltea en su asiento y me sonríe. Hayley levanta también la mano. Desde segundo grado copia todo lo que hago. ¿Acaso no le basta con haberme robado a mi mejor amiga? Ganaste, Hayley. Es hora de parar.

—Me gusta, pero es demasiado largo —dice Hayley—. Sra. Wendy, ¿no hay una regla que dice que los poemas no pueden tener más de veinte líneas?

—Muy buen comentario. A mí también me pareció un poco largo. Grace, si el poema tiene más de veinte líneas será descalificado. Por favor, revísalo —dice la Sra. Wendy.

Grace mira al papel y comienza a contar.

—¿Alguien más? —pregunta la maestra.

Varias manos se alzan, incluyendo la de Sara, pero la Sra. Wendy le da la palabra a Ethan. Aún no tiene su presentación fotográfica lista, pero presenta una foto del director de la escuela, el Sr. Vihn.

Cuando termina de hablar sobre cómo el Sr. Vihn emigró de Vietnam a los Estados Unidos cuando era un bebé, Ethan no sabe qué más decir.

—Les aseguro que continuaré trabajando —agrega.

—La fecha de entrega es mañana. Necesitas terminarlo —dice la Sra. Wendy.

Nadie hace ningún comentario sobre el trabajo de Ethan, así que la Sra. Wendy le dice a Sara que le ha llegado su turno. Sara se levanta del asiento, toma su guitarra y se sienta frente a la clase. No lleva zapatillas diferentes, y una punzada de angustia me recorre. ¿Se olvidó de nuestra tradición? ¿Ya no le importa? Quizás no hay ninguna esperanza de que volvamos a ser amigas. Y no sé por qué estoy tan sorprendida. Pero el caso es que lo estoy. Pensaba que Sara usaría medias disparejas y zapatos diferentes... sobre todo después de que me recordó que hoy era el Día de los Inocentes. Se me ocurre llamar a mi papá y pedirle que me traiga otro par de zapatos durante el almuerzo.

—Mi canción se titula "Sueño americano" y está dedicada al Sr. Rocky Velasco, veterano de la Segunda Guerra Mundial y ganador de la Medalla de Honor —dice Sara—. Escribí un corrido mexicano, que es un género musical muy popular en México. No dura más de tres minutos según piden las reglas del concurso. Espero que les guste.

Escúchenme todos, jóvenes y viejos,
este es un cuento sencillo y complejo.
Es sobre un chico que se fue a la guerra
a luchar por la vida y defender su tierra.
Supo que quizás jamás regresaría,
mas siguió adelante con gran valentía.

No se jacta el soldado de ser un héroe radiante
aunque luchó por la tierra de los libres como
    un gigante.
Su sacrificio fue por salvar a todos del horror y
    la sangre.
Su sacrificio fue también por salvarnos a ti y a mí.
Dejó detrás a su madre y a su pequeño hermano.
Sabía qué hacer cuando el deber te llama.
Y se fue a defender el sueño americano
al otro lado del mar, en la Europa lejana.

En la batalla aprende el joven soldado

que no puede siquiera llorar a los caídos.

Deberá avanzar sin pensar en su suerte,

aunque sienta ese dolor hasta la muerte.

No se jacta el soldado de ser un héroe radiante

aunque luchó por la tierra de los libres como

    un gigante.

Su sacrificio fue por salvar a todos del horror y la

    sangre.

Su sacrificio fue también por salvarnos a ti y a mí.

Especialmente por salvarnos a ti y a mí.

En cuanto Sara termina de cantar, todos aplauden. La Sra. Wendy se pone de pie y aplaude desde su escritorio. ¿De veras? ¿Será una broma por el Día de los Inocentes? Tengo que admitir que es una linda melodía, ¿pero se merece que la maestra se ponga de pie a aplaudir? Miro a Víctor. También está aplaudiendo. Por supuesto, Hayley es la primera en alzar la mano para hablar sobre la canción de Sara.

—Me pareció maravillosa. Estoy segura de que va a ganar —dice.

Unos cuantos chicos más hablan de cómo les gustó el ritmo de la canción o de cómo se sintieron al escucharla…

bla, bla, bla. Estoy mirando mi celular buscando una foto para presentar cuando la Sra. Wendy dice mi nombre.

—¿Alyssa? ¿Qué te pareció? Después de todo es una canción sobre tu bisabuelo —dice.

Por supuesto que sé que Sara escogió escribir una canción sobre mi bisabuelo para el concurso Pioneros de Kansas. Todavía estoy tratando de superarlo.

—Sería de mucha ayuda que dijeras algo —dice Sara dulcemente.

De pronto siento que todos los ojos del salón están sobre mí. Mientras esperan mi respuesta, Sara se inclina para subirse el dobladillo de sus jeans y mostrar las medias. Una es de color lavanda y la otra es de listas rosadas y anaranjadas. ¡Lleva medias disparejas! ¡No se le olvidó! Me está sonriendo. Ahora no me siento como una tonta con mis medias disparejas y mis zapatillas diferentes. Le devuelvo la sonrisa.

—Es una buena canción —digo finalmente.

Sara va y se sienta en su puesto, pero antes me mira una vez más. ¿Será que volveremos a ser amigas?

—Bien, Alyssa —dice la Sra. Wendy—. ¿Te gustaría ahora presentar tu proyecto?

¿Qué? Si no me levanto y digo algo, pensarán que soy una cobarde. Pero no tengo nada que mostrar. Tomo mi celular y voy hasta el frente de la clase.

Siento la garganta seca y las palmas de las manos húmedas. Pero es el Día de los Inocentes, así que de pronto se me ocurre una idea, y recito:

El color de las rosas me parece perfecto,
las violetas exhiben un azul estridente,
aún no he podido terminar mi proyecto.
Que tengan un feliz Día de los Inocentes.

CAPÍTULO 17

Todavía estoy pensando en las medias disparejas de Sara cuando algo inesperado y genial ocurre durante el almuerzo, y no me refiero al especial del menú por el Día de los Inocentes: pizza francesa con lombrices, que son en realidad salchichas y cebollas cortadas. Me siento en mi mesa de siempre y Sara viene y se sienta junto a mí.

—¡Lombrices! ¡Qué rico! —dice Sara, y me da un codazo juguetonamente.

Últimamente, Víctor se ha estado sentando conmigo durante el almuerzo. Pero me siento feliz y no digo nada.

—¿Te serviste limonada agria? —pregunto.

—¿Está muy agria? —dice Sara.

Ambas tomamos un sorbo y comenzamos a hacer muecas hasta que nos echamos a reír. La limonada está superagria, pero nos gusta. Es como si el tiempo no hubiera pasado, hasta que Hayley se sienta frente a mí. ¿Se tratará de una broma por el Día de los Inocentes?

Víctor se sienta al lado de Hayley.

—¿Qué tal, Hays? —dice.

—¡No me llames así! —grita Hayley.

Suelto una risita y me sorprende que Sara también se ría.

—Allie, gracias por lo que dijiste de la canción —dice Sara.

—Es muy buena. Y me encantan tus medias —digo.

De pronto, escuchamos al director hablar por el intercomunicador. Está anunciando en un tono muy serio que la biblioteca estará cerrada esta tarde por una plaga de lombrices.

—Aparentemente algunas lombrices de la pizza escaparon a la biblioteca y han decidido vivir en los libros —dice el Sr. Vihn.

Todos soltamos un gemido porque sabemos que el director es el mayor bromista de la escuela el Día de los Inocentes. Todos los años se le ocurre alguna broma espectacular.

—Y no olviden que después del almuerzo se le insertará a cada estudiante un GPS en la nariz para saber siempre dónde están. El único problema es que no podrán estornudar durante el resto del curso escolar. Los maestros retirarán todas las cajas de pañuelos de los salones de clase. Recuerden, ¡está prohibido estornudar! ¡Buena suerte! —añade el Sr. Vihn.

—Esta escuela es genial —exclama Víctor aplaudiendo—. En mi escuela en San Antonio no se permitía ningún tipo de broma. Habrían llamado a nuestros padres si mencionábamos el Día de los Inocentes.

—Hablando del Día de los Inocentes —dice Hayley—. ¿Notaron que Sara y yo llevamos medias disparejas?

Me da un vuelco el estómago.

Hayley pone los pies encima de una silla y se sube el dobladillo del jean.

—¿Ven?

Lleva una media color lavanda y la otra es de rayas rosadas y anaranjadas. Igual que Sara. ¿Cómo se atrevió Sara a compartir nuestra tradición con Hayley? Si van a ser amigas íntimas, deberían comenzar su propia tradición.

—Mira las mías —suelto molesta subiéndome los jeans para mostrar mis medias disparejas y mis zapatillas diferentes—. Esta era una tradición de Sara y mía desde el tercer grado. ¡Tú eres simplemente una copiona!

Me levanto de la mesa y la fulmino con la mirada.

—¿Por qué querría imitarte? —pregunta Hayley—. Créeme, nada de lo que haces merece ser imitado.

—Hayley, ¡cállate! —dice Sara.

—Dile eso a tus medias —le digo a Hayley, y luego me volteo hacia Sara—. Y tú, Sara, ni te preocupes. A ti no te importa hacerle un tributo a mi bisabuelo, tú lo único que deseas es ganar.

—¡Eso no es cierto! —dice Sara.

—No importa. De ninguna manera ganarás el primer lugar con esa tonta canción —digo sin poder controlarme—. Mi bisabuelo se sentirá avergonzado de ese corrido.

Sara se queda paralizada.

—Allie —dice Víctor bajito.

Mi ex amiga parece que va a llorar, pero todavía tengo mucho más que sacarme del pecho.

—Una amiga no sabotea el proyecto de otra amiga con el fin de ganar un concurso. Aun cuando no se hablen. Tú sabes muy bien cuánto significa para mí ganar este trofeo, y estás tratando de sabotearme a propósito —digo.

—Allie —repite Víctor.

—Víctor quiere que yo gane y no está tratando de competir conmigo. Si dejaras de querer parecerte a Hayley te darías cuenta de lo que realmente significa una verdadera amistad —digo haciéndole un gesto a Víctor, pero él no me mira.

No me tomo la molestia de recoger mi bandeja del almuerzo. Me levanto de la silla y salgo como un tren a toda marcha de la cafetería. Estoy cansada de que Sara se burle de mí, aunque sea el Día de los Inocentes. Un día es un manso gatito y al otro día es una serpiente. Nunca más volveremos a ser buenas amigas. Me quito el brazalete que me hizo el año pasado y lo lanzo a la basura camino a la enfermería.

CAPÍTULO 18

A los veinte minutos, mi papá me recoge de la escuela. Ceniza, el perro de la estación de bomberos donde trabaja mi papá, está en el asiento trasero del auto y hace que me calme un poco. Lo acaricio y él me lame la cara.

—Parecías molesta en el teléfono, así que pensé que Ceniza te alegraría un poco —dice mi papá—. ¿Pasó algo malo en la escuela? ¿Cuándo es la fecha de entrega del concurso?

—No pasó nada. Es mañana —murmuro mientras beso a Ceniza.

Recuerdo el día en que mi papá y el resto de los bomberos de su estación adoptaron a Ceniza del refugio de animales. Mi papá estaba emocionado. Después de la escuela, Adriana nos llevó hasta la estación a conocer el cachorro de rottweiler con la oreja partida y el rabo mocho. Mi papá dijo que en el refugio había muchísimos gatos que necesitaban ser adoptados, así que Sara y yo fuimos con mi mamá a ver los gatos y mi familia terminó adoptando a Sigiloso. La gente del refugio nos preguntó si le cambiaríamos el nombre al gato, pero Sara y yo acordamos que no porque era el nombre perfecto para un gatito tan tímido y peludito. Son estos recuerdos los que estoy tratando de quitarme de la mente en estos momentos. Se acabó la amistad entre Sara y yo. Perdí a mi mejor amiga para siempre, pero al menos aún tengo a Sigiloso.

—¿No quieres hablar? —pregunta mi papá—. ¿Estás preocupada? Yo sé cómo te pones cada vez que hay un concurso. ¿Te puedo ayudar en algo?

Niego con la cabeza.

—Ya casi tengo el proyecto terminado. Solo me falta tomar una foto de Abue con la Medalla de Honor y ya está.

—¡Genial! Me encantará ver esa foto. Es tan misterioso con esa medalla. Ya no me acuerdo de la última vez que la vi.

Estoy tratando de escuchar a mi papá, pero honestamente mi mente está en la escuela. Ni siquiera me despedí de Víctor, y eso me hace sentir mal. Dos veces dijo mi nombre. Quizás pensó que estaba siendo injusta con Sara, pero no fue así. Sara se lo merecía. Lo llamaré esta noche.

—Qué pena que no te sientas bien. Llamé a tu bisabuelo, pero está en el centro de veteranos. Te llevaré hasta allí y luego irás con él a su casa. Te hará una manzanilla —dice mi papá.

—Gracias.

Cada vez que alguno de nosotros se enferma en la escuela, vamos a casa de nuestro bisabuelo porque él siempre está allí. Y si no está, se encuentra en el centro de veteranos compartiendo o ayudando a otros veteranos como él. He estado allí muchas veces y es un lugar muy divertido. Tiene un refrigerador lleno de *root beer*, una mesa de billar y dos televisores inmensos.

A medida que pasa el tiempo, los veteranos son cada vez más jóvenes. Ya no quedan tantos de los que pelearon en la Segunda Guerra Mundial. Mi bisabuelo dice que sus hermanos están pasando la batuta. Sé que lo que quiere decir es que han muerto, pero él prefiere usar esa expresión. Yo no quiero PENSAR en la posibilidad de que mi bisabuelo pase la batuta.

Los veteranos de la Segunda Guerra Mundial y de la Guerra de Corea que van al centro han sido amigos de mi bisabuelo durante mucho tiempo y les gusta hablar de política a su manera. El año pasado le escuché a uno decir que el nuevo alcalde era un "mocoso" porque era demasiado joven, inexperto y engreído. Se lo conté a Sara y estuvo toda la semana en la escuela llamando a los chicos de nuestra clase "mocosos". Fue tan divertido. Pero eso ya pasó. Ahora, ya no pienso que ella es divertida. Ella es ahora la que se comporta como una "mocosa".

Cuando papá frena frente al centro de veteranos, mi bisabuelo está allí esperándome. Se acerca al auto y me abre la puerta.

—¿Qué pasó, Allie? ¿Cómo te sientes, *mija*? —dice.

—No muy bien —digo bajito.

Me despido de Ceniza con un beso. Mi bisabuelo carga mi mochila pero, antes de entrar al centro, le da un beso y un abrazo de despedida a mi papá. Mi bisabuelo dice que no importa cuán grandes y fuertes sean los bomberos, también ellos necesitan besos y abrazos de sus abuelos. Y por la manera en que mi papá lo abraza y le sonríe, me doy cuenta de que es verdad. Creo que nunca seré tan vieja que no quiera recibir abrazos y besos.

Mi bisabuelo me toma del brazo y me conduce al centro

como si estuviera ayudando a un soldado herido que acaba de venir de una batalla. Una vez que estamos adentro, me presenta a un montón de veteranos y me sienta en un sofá frente a la televisión.

—Voy a terminar de hacer unas cuantas cosas y luego nos vamos —dice besándome en la cabeza y caminando apurado hacia las oficinas del centro.

Estoy rodeada de fotos de veteranos de todas las guerras... de la Segunda Guerra Mundial, de Vietnam, de Corea, de Iraq, de Afganistán. También hay carteles dedicados a los prisioneros de guerra que dicen "Nunca serán olvidados" y medallas en cuadros con cintas de diferentes colores. Saco la cámara y me pongo a tomar fotos. Las medallas son perfectas para mi proyecto.

—Mucho material, ¿eh? —dice mi bisabuelo poniéndome la mano en el hombro.

—Hay tantas medallas —digo asombrada—. Espero que esté bien que tome algunas fotos de las paredes con las medallas y los carteles.

—Te sientes mejor, ¿no? —pregunta mi bisabuelo.

Me muerdo el labio. Es hora de decir la verdad.

—No estoy enferma de verdad —digo—. Pasaron cosas feas en la escuela y no quería estar allí.

—¿Y qué pasó, *mija*? ¿Alguien te estuvo mortificando?

—No, nada de eso. Tuve una discusión con Sara. Se sigue portando mal conmigo.

—*Mija*, la escuela es importante. No puedes faltar porque estás molesta con alguien. No se puede escapar de los problemas y que eso se vuelva una costumbre.

Sé que me estoy comportando como una bebita, pero no lo puedo evitar. Solo tuve un mal día.

—Me pondré a trabajar en el proyecto, ¿está bien?

Me siento aliviada cuando mi bisabuelo me pasa el brazo por los hombros. De ninguna manera quisiera defraudar a Abue.

Señalo una foto de dos jóvenes parados sobre un tanque.

—¿Es de la Guerra de Corea? —pregunto—. ¿Hay veteranos aquí de esa guerra?

Mi bisabuelo mira alrededor.

—Sí. Auggie, el que está jugando billar. Es un buen tipo. El que está a su lado es Michael. Estuvo en Afganistán. Canta muy bien. Le hemos dicho un millón de veces que se inscriba en uno de esos concursos de canto de la televisión. Podría ganar.

—¿Crees que les importaría si les tomo fotos? —pregunto.

—Aquí somos como una familia. ¿Por qué no?

Sigo a Abue hasta la mesa de billar.

—Mi bisnieta quiere tomar unas fotos de ustedes, ¿les parece bien? Quizás las use en un proyecto de la escuela, ¡y entonces todos serán famosos!

Los veteranos se echan a reír y comienzan a decirle cosas chistosas a mi bisabuelo como "No tan famosos como tú".

Mientras tomo foto tras foto, me doy cuenta de que todo el mundo quiere tomarse una foto con mi bisabuelo. Le pasan el brazo por encima y él les da un abrazo. Todos son tan amables. Ni tan siquiera se han fijado en que llevo medias disparejas y zapatillas diferentes.

Más tarde, cuando voy con mi bisabuelo en el auto rumbo a su casa, me doy cuenta de que durante el tiempo que estuve en el centro de veteranos no me acordé de Sara y de Hayley ni una sola vez.

Al llegar a casa de mi bisabuelo solo pienso en la Medalla de Honor. Mi bisabuelo pone una tetera con agua al fuego y va abajo a buscarla. Sara podrá tener su tonta canción, pero yo voy a tener esta foto. Mi boleto para llegar a la cima, como Junko Tabei llegó a la cima del monte Everest. Entonces, me olvidaré de Sara de una vez. Después de todo, nadie puede resistirse a un héroe con una gran medalla. ¿Acaso no terminan así las mejores películas? El equipo desastroso de hockey se propone ganar y termina obteniendo el trofeo. El osado guerrero del espacio recibe una medalla por salvar el universo. El príncipe huérfano es coronado al final. Es el cierre perfecto para mi presentación. Mi arma secreta para ganar el primer lugar.

Abue regresa a la sala con una caja de madera y siento un escalofrío. ¡Ahí está la medalla! He oído hablar mucho de ella, pero nunca la he visto.

—Siéntate aquí en tu sillón. Tendremos mejor iluminación si la ventana queda detrás de mí —le digo a mi bisabuelo.

Abue se sienta con la caja entre las manos. Acomodo las cortinas de la ventana de manera que la luz del sol le dé un ambiente diferente a la habitación y que se vea dorada, un consejo que leí en un blog de fotografía.

—Abrirás la caja y yo tomaré un montón de fotos. No tienes que hacer nada. Solo parecer natural. ¿Listo?

Respiro profundo, alzo la cámara y enfoco. Mi bisabuelo abre la caja lentamente, pero la caja está vacía. Cierro y abro los ojos, pero no hay nada en la caja de la Medalla de Honor. No hay cinta azul cielo. No hay medalla brillante en forma de estrella.

—Abue, ¿y dónde está tu medalla? —pregunto aturdida.

CAPÍTULO 19

Bajo la cámara esperando que en cualquier momento mi bisabuelo diga "¡Inocente!". Pero no abre la boca. En cambio, saca una foto de la caja.

—Abue, dime que se trata de una broma —digo—. Tienes la medalla, ¿no? ¿Se te cayó en las escaleras?

Ante su silencio, siento que me pongo colorada y el corazón me comienza a palpitar rápidamente.

—Disculpa, *mija*, pero di la medalla hace mucho tiempo —dice Abue negando con la cabeza.

—¿Qué? ¿Y por qué? —tartamudeo. ¿A quién se la dio? Si mis padres llegaran a enterarse se pondrían como locos—. ¿Lo saben mi mamá y mi papá?

—No. Solo tú y quizás algunos veteranos del centro —dice.

Me dejo caer en el sofá. No quiero ser la primera en la familia en saber lo de la medalla porque quisiera que no fuera verdad. ¿Y la foto para mi proyecto? ¿Y ahora qué voy a hacer?

—¿A quién se la diste? —pregunto pensando que quizás se pueda recuperar.

—Tú sabes por qué gané esa medalla, ¿no? —dice mi bisabuelo.

Le digo que sí con la cabeza. El acto de heroísmo de mi bisabuelo durante una batalla en Italia fue contado en el documental y en los periódicos. Cada vez que se celebra el Día de los Veteranos o el Día de Recordación, el gobernador o el alcalde lo invitan a hablar acerca de cómo tomó un nido de ametralladora nazi. Pero a mi abuelo no le gusta hacer el cuento. Dice que eso es fanfarronear. En cambio, le gusta contar historias de los soldados que conoció y hablar sobre cómo se puede ayudar a los veteranos cuando regresan de la guerra. Y a todos les gustan sus historias.

—Bueno, después de que estrenaron el documental, uno de los nietos de un soldado de mi unidad me buscó. Su abuelo se llamaba Olin Baxter. Para no cansarte, vino desde Loganville, Georgia, a visitarme. Había visto el documental y quería conocer al hombre que había servido junto a su abuelo. Olin es uno de los mejores hombres que he conocido. Era como un hermano para mí, así que le di la medalla a su nieto. Aquí estamos en una foto durante la guerra —dice mi bisabuelo.

—Ay, Abue… —digo tapándome la cara con las manos, sin prestarle atención a la foto. Mi arma secreta contra Sara ha desaparecido—. El presidente te dio esa medalla. No puedo creer que la hayas regalado.

—Gané esa medalla haciendo lo que cualquier soldado hubiese hecho en mi lugar. Olin, en cambio, sacrificó su vida —dice mi bisabuelo negando con la cabeza.

—No es justo —digo—. Aquí estoy yo tratando de ganar un concurso para poner un trofeo en la estantería de la familia mientras tú andas regalándolos.

Mi bisabuelo pone la foto de Olin de vuelta en la caja y la cierra con cuidado.

—*Mija*, la medalla nunca fue mía. Siempre sentí que pertenecía a los soldados que murieron. Dársela al nieto de Olin fue lo correcto.

—¿Y ahora qué voy a hacer? —digo—. Una foto tuya con la medalla me iba a ayudar a ganar.

—Lo siento, pero no pensé que era tan importante. Te pido disculpas. Espero que comprendas.

No, no comprendo. Nunca voy a comprender.

—Tomemos otra foto —dice mi bisabuelo.

Se incorpora en el sillón con la caja vacía en las manos, listo para que le tome una foto. Me espera. Pero ya no tengo ganas de tomar fotos. ¿Cómo voy a ganar el concurso?

—¿Y de qué va a servir? —pregunto.

—Hazlo por mí, Allie.

La luz dorada que entra en la sala resplandece alrededor del rostro de mi bisabuelo. Doy un paso al frente y alzo la cámara. Lo único que haría la foto perfecta sería que mi abuelo estuviera sosteniendo la medalla en sus manos. Siento como si me cayera encima una avalancha casi al llegar a la cima de la montaña. Todo está perdido. Miro hacia mis medias y mis zapatillas disparejas y quiero llorar. Todo me parece tan estúpido.

CAPÍTULO 20

—Si aún no lo han hecho, vuelvan a revisar la línea donde deben poner el asunto —dice la Sra. Wendy dando vueltas por el salón de computadoras.

La mayoría de los chicos de la clase enviaron sus proyectos al concurso desde la casa. Pero otros, como yo, aún no lo hemos hecho.

La Sra. Wendy está más nerviosa que todos nosotros juntos. Piensa que vamos a enviarlos mal y quedaremos descalificados. Me conozco las reglas del concurso al dedillo.

No voy a permitir que Sara gane por yo enviar el formulario incorrecto o por escribir mal el mensaje electrónico.

Víctor está sentado en el salón de lectura con Ethan y Diego. No lo llamé anoche. Estaba demasiado deprimida por lo de la medalla. No tenía ganas de hablar con nadie. Hasta Sigiloso se dio cuenta de que quería estar sola. Estuvo un rato en mi habitación pero luego se fue a la de Aiden. A los gatos no les gusta que no les presten atención.

Sara está también en el salón de computadores a cinco puestos de distancia. Hayley la está ayudando a enviar su proyecto. Unos días atrás, verlas riendo y ayudándose la una a la otra me hubiese roto el corazón, pero ahora no me importa. ¿Para qué la necesito?

He terminado mi presentación y, aún sin la foto de mi bisabuelo con la medalla, pienso que puedo ganarle a Sara. Mi presentación comienza con una foto de mi bisabuelo joven en uniforme y termina con la fotografía de mi bisabuelo recibiendo la Medalla de Honor de manos del presidente Truman. Es un recorte de periódico. No precisamente el arma secreta que hubiese deseado, pero espero que sea suficiente para ganar. Mi reputación en Sendak como una verdadera Velasco depende de este concurso.

Víctor se sienta a mi lado.

—¿Ya enviaste tu presentación? —pregunta.

—Estoy a punto de hacerlo. Solo me falta presionar el botón de "enviar" —respondo.

—Date prisa para que te sientes conmigo en el salón de lectura. La Sra. Wendy dijo que los que no tuviéramos nada que hacer podíamos pasar un rato allí y leer lo que quisiéramos. Diego acaba de encontrar un cómic nuevo de gatos zombis.

—¿De gatos zombis? —Miro alrededor y veo que Diego y Ethan me están mirando desde el otro lado de la biblioteca. Cuando se dan cuenta de que los he visto, miran a otro lado—. ¿Están hablando a mis espaldas de lo que le dije a Sara ayer en el almuerzo?

—Más o menos, pero no te preocupes. Todo el mundo piensa que fue Hayley la que empezó porque... bueno, ella siempre es la que empieza, ¿no?

Dejo escapar un suspiro.

—Quería disculparme por no despedirme de ti ayer. Me sentí mal por no recoger la bandeja y salir como un cohete —digo.

—No te preocupes, Allie —dice Víctor—, pero Sara estaba realmente disgustada. Grace me dijo que hasta estaba pensando en no participar en el concurso, pero parece que cambió de idea —añade mirando hacia donde están Sara y Hayley.

Siento que el corazón se me estruja.

—¿Hay alguna manera de que ustedes dos se reconcilien? —pregunta Víctor.

—No lo creo —digo negando con la cabeza—. Quizás me estoy portando como una malcriada, pero ella no se queda atrás.

—Oye, envía el proyecto de una vez para que puedas venir a leer sobre los gatos zombis.

—Siempre que uno de esos gatos no se llame Sigiloso —digo.

Víctor suelta una risita.

Miro la pantalla de la computadora, hago clic y envío primero el formulario del concurso. Con un solo clic podría hacer historia en Sendak. Con un solo clic podría ganar el primer lugar y un maravilloso trofeo para la estantería de los trofeos de mi familia.

—Date prisa —dice Víctor.

Otro clic y envío el proyecto al concurso. Ahora todo lo que puedo hacer es leer sobre gatos zombis… y esperar.

CAPÍTULO 21

La Sra. Wendy acaba de decir que la vamos a volver loca si le seguimos preguntando por los resultados del concurso Pioneros de Kansas. En la página de Internet del concurso dice que los finalistas serán anunciados hoy, 12 de abril, pero aún no han puesto los resultados.

—Ya los sabremos —dice la Sra. Wendy alzando los brazos como si ya no pudiera más.

Me cuesta trabajo concentrarme en otra cosa que no sean los resultados del concurso. ¿Cómo puedo pensar en matemática, ortografía, historia o ciencia cuando sé que hay un panel de jueces decidiendo mi futuro? Según la página de Internet, los jueces dan puntos dependiendo de cuán bien desarrollado esté el tema del proyecto, por originalidad, creatividad y calidad de las imágenes en el caso de las fotografías. ¡Espero que me hayan dado muchísimos puntos!

—¿Pero cuándo los sabremos? —gime Grace—. Necesito saber la fecha de la ceremonia de premiación para decírsela a mi papá. Está demasiado ocupado y necesita saberla con mucha antelación para poder asistir.

—La ceremonia de premiación es solo para los finalistas, ¿no es cierto, Sra. Wendy? —dice Hayley.

—Solo los finalistas deberán presentar sus proyectos frente al público —dice la Sra. Wendy.

—¿Ves, Grace? No tienes de qué preocuparte —dice Hayley.

—¡Así mismo! —exclama Diego.

Todos en la clase se echan a reír y la Sra. Wendy suelta un largo suspiro y niega con la cabeza. Se nota a la legua que está lista para las vacaciones de verano. Grace se echa hacia atrás en la silla.

—Eso no estuvo nada bien, Hayley —digo mirándola—. El poema de Grace puede ganar. Al menos ella participó en el concurso. Tú ni siquiera te tomaste la molestia.

Luego le echo una mirada fulminante a Diego.

Hayley pone los ojos en blanco. Y entonces miro disgustada a Sara. Mi ex amiga baja la cabeza y comienza a quitarse la pintura de las uñas. Su esmalte anaranjado está hecho un desastre. La Sara que yo conozco nunca hubiera permitido un comportamiento como el de Hayley.

—Gracias, Allie —dice Grace volteándose hacia mí.

—De nada —respondo.

Justo en ese momento, el Sr. Vihn se para en la puerta del salón para hablar con la Sra. Wendy.

—Allie, el Sr. Vihn quiere hablar contigo. Lleva tus cosas —dice la Sra. Wendy.

¿Por el concurso? ¿Soy una de los finalistas? ¿Pero por qué me tengo que llevar mis cosas? Todo el mundo me mira mientras recojo y meto las cosas en la mochila. No sé, pero de pronto tengo un mal presentimiento. Víctor me mira preocupado.

—No tengo ni idea —digo encogiéndome de hombros.

—Ojalá que todo esté bien, Allie —murmura Grace cuando paso a su lado. Le sonrío tranquilamente.

Una vez fuera del salón, el Sr. Vihn se disculpa por sacarme de la clase y me explica que mi mamá está en camino a recogernos a Ava y a mí. Algo anda mal. Algo bien malo tiene que haber sucedido para que mi mamá salga del trabajo. Los reporteros ganadores de premios nunca salen del canal a no ser que tengan una noticia muy importante que cubrir.

—¿Pasa algo? —le pregunto al Sr. Vihn.

—Seguro que todo va a estar bien, pero será mejor que hables con tu mamá —dice el director—. Disculpa si no puedo decirte más. Lo haría si pudiera.

Le sonrío porque el Sr. Vihn siempre es muy agradable. Ava aparece en el pasillo al mismo tiempo que yo y me sorprende cuando me toma la mano. Veo que está a punto de echarse a llorar.

—¿Qué pasa? —pregunta.

Entramos a la oficina del director y el Sr. Vihn nos pide que nos sentemos.

Mi hermanita y yo miramos alrededor. Ava señala la foto de Adriana en la pared.

—Mira qué linda se ve —dice.

En la foto, Adriana está sujetando el premio que le dio el alcalde. Se ve preciosa. Al lado de su foto está la de Carmen Eberhart, la primera niña en matricularse en la Primaria Sendak. Nuestra escuela era solo para varones hasta 1984. En la foto, Carmen está en la entrada de la escuela con un vestido muy bonito. Cada vez que estoy en la oficina del director bajo la cabeza ante la foto en señal de respeto. Lo hago porque es lo que siento. Estoy segura de que no fue fácil ser una de las poquísimas chicas que asistía a Sendak en esa época. Los chicos pueden ser tan insoportables. Imagínense lo que debe ser estudiar entre un montón de Aidens, Ethans y Diegos. ¡Pobre Carmen! Tuvo que ser muy difícil.

—La primera chica en matricularse en Sendak —dice el Sr. Vihn cuando se da cuenta de que estoy mirando la foto de Carmen—. Ahora vive en Washington, DC y trabaja en el Pentágono.

Increíble. ¡Eso se llama dedicación! De ninguna manera mi foto va a estar en la pared de la escuela con tanta competencia.

—Qué bueno que ya están aquí —dice mi mamá entrando en la oficina y abrazándonos.

—¿Qué pasa? —pregunto.

—Abue tuvo un síncope hoy en el centro de veteranos. Tu papá está con él en el hospital.

Ava se tapa la cara con las manos y empieza a lloriquear. Mi mamá le besa la cabeza.

—Voy a firmar para llevármelas y lo visitaremos en el hospital —dice mi mamá pasándole la mano por el pelo a Ava—. Allie, ayuda a tu hermana a alistarse.

Escucho la voz de mi mamá que va a hablar con el director, pero no me puedo mover. ¿Un síncope? ¿Qué quiere decir eso?

—Allie, Ava necesita que la ayudes —dice mi mamá cuando termina de hablar con el director.

De una vez entro en acción. Mientras Ava llora, la ayudo a ponerse su suéter amarillo con delicadeza como cuando era pequeñita.

—Vamos, Ava —digo suavemente.

Ava me da la mano y se la aprieto.

Cuando llegamos al hospital, allí están Adriana, Aiden y mi papá sentados junto a mi bisabuelo. Tiene al menos una docena de tubos y cables que le salen del cuerpo y que están conectados a una máquina que no para de pitar. Sin prestarle atención a nadie voy y me acerco a mi bisabuelo.

—Se va a poner bien, ¿no? —digo. Me inclino a besarlo y le susurro—: Abue, tienes que ponerte bien. Te necesitamos.

Ava se echa a llorar. Adriana la hala y la carga. Mi papá nos hace un gesto para que salgamos con él de la habitación.

—No quiero salir —dice Aiden.

—Necesita descansar y nosotros necesitamos hablar —dice mi papá pasándole el brazo por los hombros a Aiden.

En el pasillo fuera de la habitación todos nos abrazamos.

—El doctor dice que la tos que tiene es producto de una infección. Por suerte, estaba en el centro de veteranos cuando se desmayó y recibió ayuda inmediata. Lo tendrán aquí unos días para evitar complicaciones y después se irá a casa con nosotros, ¿está bien? —dice mi papá—. Su mamá y yo pensamos que de ahora en adelante deberá vivir con nosotros.

Todos asentimos. Esa es una buena noticia. Abue debe estar en la casa con nosotros para que podamos cuidarlo.

—Ahora debemos quedarnos aquí. Sería estupendo que cuando se despertara estemos todos a su alrededor. ¿No creen? —dice mi mamá.

Adriana, Aiden, Ava y yo volvemos a asentir. Luego mi mamá y Adriana se van a comprar jugos y papitas y el resto de nosotros vuelve a la habitación a vigilar la respiración de Abue. Algunas veces se queja como si le doliera algo, pero no se despierta.

—Le molestan los tubos —dice Aiden—. ¿No podemos hacer algo?

—Seguramente está soñando. Nunca ha dormido bien —dice mi papá—. Cuando yo era niño me quedaba en su casa a dormir y algunas veces él se despertaba con pesadillas sobre la guerra.

¿Será eso lo que le estará pasando? ¿Estará soñando con la guerra? ¿Con Olin Baxter? En ese momento me gustaría abrazar a mi bisabuelo y me siento fatal por haberlo molestado con el asunto de la medalla.

—Papi, ¿por qué se enfermó? —pregunto.

—Tu bisabuelo está muy viejo, Alyssa. Eso lo hace más vulnerable a enfermarse que nosotros. No queremos aceptarlo porque se ve muy fuerte, pero su salud es muy frágil. —Mi papá me hala y comienza a besarme la cabeza—. No te preocupes. Lo vamos a cuidar mucho.

Digo que sí con la cabeza, pero no puedo dejar de preocuparme. ¿Se habrá enfermado porque lo hice sentir mal por lo de la medalla?

—¿No crees que se haya enfermado por algún disgusto que recibió? —pregunto.

—¿Crees que estaba disgustado últimamente? A mí no me lo pareció. ¿Te dijo algo? —pregunta mi papá.

—No. Solo me preguntaba —digo.

No quiero que sepa lo que pasó con la medalla.

Mis padres ni se imaginan que ya no la tiene. Tampoco saben que me disgusté por eso. No les he dicho nada. Me aguanto las lágrimas. Ahora que mi bisabuelo está acostado en la cama de un hospital, ya no me parece que tenga noventa y un años. Lo que veo es a un chico parado junto a su mamá afuera de una escuela esperando ser aceptado. Veo al joven valiente que se ofreció de voluntario para ir a la guerra. Veo al joven soldado que arriesgó su vida en la batalla para salvar a otros. Me levanto y me acerco a mi bisabuelo. Le toco la mano y le doy otro beso en la mejilla.

—Te vamos a cuidar bien, Abue —le susurro—. Te vamos a cuidar bien.

CAPÍTULO 22

Poco después de oscurecer, mi bisabuelo abre los ojos. Nos sentimos muy aliviados. La enfermera y el doctor vienen y nos mandan a todos a salir de la habitación excepto a mi papá. Nos han prometido que nos dejarán visitar a Abue después, pero por lo pronto tenemos que ir a la sala de espera. Aiden y Ava se ponen a jugar cartas en el piso. Estoy segura de que este viaje al hospital los ha afectado. Ava no ha tirado las tarjetas al aire cuando ha perdido. Aiden no ha peleado. A ninguno de los dos les importa ganar o perder. Mi mamá y Adriana están contestando llamadas telefónicas de la familia. Todos están preocupados y quieren venir a visitar a mi bisabuelo.

De pronto, Sara está frente a mí con un ramo de flores.

—Hola, Allie —dice.

Su mamá y su papá están parados detrás de ella con una bolsa de papel marrón.

—Ay, Alyssa, ¿cómo estás? —dice la mamá de Sara abrazándome.

Mi mamá y Adriana cuelgan los teléfonos y abrazan a los recién llegados.

—Gracias por venir —dice Adriana.

—Bueno, Sara nos dijo que Alyssa tuvo que salir de la clase, así que llamé a tu mamá y ella nos contó —explica la mamá de Sara—. Lo menos que podemos hacer es venir al hospital y traerles algo de cenar. Espero que a todos les gusten los gyros.

El papá de Sara pone la bolsa marrón con los gyros en una mesita pequeña que hay en la sala de espera.

—¡Gracias! —exclama Aiden.

Él y Ava se lanzan hacia la bolsa. Yo no tengo hambre, pero tengo que admitir que los gyros huelen delicioso.

—Miren quiénes están aquí, los López —dice mi papá acercándose con el doctor.

Todo el mundo se vuelve a abrazar. Mi papá está contento de ver a sus amigos.

Sara sigue sonriéndome amablemente, y yo sé que debería sonreírle, pero ahora no tengo ganas. No pienso hablarle, por más gyros y flores que traiga.

—Abue está despierto y alerta, así que podemos ir a verlo ahora mismo. ¡Llegaron en el momento adecuado! —les dice mi papá a los padres de Sara.

Recogemos nuestras cosas de la sala de espera y nos encaminamos a la habitación donde está Abue, pero siento que me tocan el hombro.

—Allie, necesito decirte algo —susurra Sara.

—¿Ahora? Mi bisabuelo se acaba de despertar. Tengo que ir.

—Voy a ser rápida. Disculpa que haya compartido nuestra tradición del Día de los Inocentes con Hayley.

Me encojo de hombros como si no me importara.

—Ya se me pasó —digo, aunque todavía no se me haya pasado.

—Ese día fui a la escuela con medias y zapatillas disparejas, pero no me las puse enseguida. Temía que se te hubiera olvidado nuestra tradición y no quise parecer una tonta. Las cosas no han estado bien entre nosotras desde Navidad...

Vaya noticia.

—Bueno, una vez que llegué a la escuela, me cambié las medias antes de que comenzaran las clases. Cuando Hayley me vio, me pidió que le diera las otras medias para ponérselas ella. Créeme que mi intención no fue burlarme de nuestra tradición.

—Está bien —digo.

Todavía estoy molesta porque no me ha hablado durante el semestre, por haber puesto a Hayley por encima de mí, por no usar el brazalete que le hice y por usar a mi bisabuelo en su proyecto para el concurso.

—Cuando te vi con las medias y las zapatillas disparejas me puse muy contenta, pero no se me ocurrió en ese momento que cuando vieras a Hayley te ibas a molestar.

—Está bien. No lo sabías. Ahora tengo que irme —digo volteándome para marcharme, pero me vuelve a llamar.

—Hay algo más que debes saber —dice Sara comenzando a quitarse el esmalte de uñas. Cuando era su amiga, le habría dicho que parara, pero imagino que eso ahora le toca a Hayley. ¿A mí qué me importa que se eche a perder las uñas?—. Acerca del concurso... Si gano, pienso donar el dinero del premio al centro de veteranos en honor a tu bisabuelo. No pienso quedarme con un centavo. Ni siquiera para irme de compras.

Bajo la cabeza. Es bueno saber que va a donar el dinero al centro de veteranos, pero entonces pienso en lo que acaba de decir. Está muy segura de que va a quedar entre los finalistas. Quiero decir, ya está hablando de ganar el premio y donar el dinero. ¡Qué atrevida!

—¿Por qué estás tan segura de que vas a quedar finalista? —pregunto.

—¿No escuchaste? —dice Sara, y entonces niega con la cabeza—. Seguramente ya te habías ido… Tú y yo somos finalistas. Lo logramos. La próxima semana tenemos que presentarnos para ver quién va a ganar.

—¿Quedé finalista?

—Lo anunciaron esta tarde en la escuela. La Sra. Wendy estaba tan contenta que corrió a abrazarnos a todos. Dice que nunca había habido tres finalistas en nuestra escuela.

—Tengo que decírselo a mi bisabuelo —digo.

Me volteo para salir corriendo a la habitación de Abue y contarle la buena noticia. Pero, ¡espera! ¿Tres finalistas?

—¿Grace también? —pregunto.

—No, fue Víctor. Ni sabía que iba a participar en el concurso. ¿Tú lo sabías?

—¿Víctor? ¿Víctor García?

Me quedo de una pieza. Sara asiente. No puede ser verdad. Me muerdo el labio. Debió habérmelo dicho. Todo este tiempo hemos estado hablando del concurso y él me ha estado ayudando. ¿Por qué no me dijo que iba a participar?

CAPÍTULO 23

Víctor García me llama en el pasillo, pero me hago la idea de que se trata de otra Allie. Aunque sé que eso no es posible. Solo hay una Allie en Sendak. Al menos, tengo ese consuelo.

Lo ignoro y sigo caminando hacia el salón. Debió haberme dicho que iba a participar en el concurso Pioneros de Kansas. Durante todo este tiempo pensé que quería que ganara; sin embargo, ahora es uno de mis contrincantes. Seguramente se trata de otro plan para sabotearme. ¡Ya lo hizo antes! No debí hablarle de nuevo después de lo que sucedió en la feria de ciencias.

A la hora del almuerzo, Víctor se sienta frente a mí. Parece un cachorrito triste, pero no me ablando por eso. Todos nos miran porque Sendak está llena de chismosos. Por un minuto, me siento tentada a levantarme y sentarme en otra mesa, pero ¿por qué me tengo que ir? Llevo cinco años en Sendak. Víctor es el recién llegado que debería levantarse e irse.

—Allie, nunca pensé que quedaría entre los finalistas del concurso. Solo quería los puntos extra para la nota de inglés —dice Víctor—. Te lo fui a decir, pero...

Pongo los ojos en blanco. Me acuerdo que preguntó lo de los puntos extra, pero no importa. Me debió decir que iba a participar en el concurso.

—No, en serio. El día que explotaste con Sara y dijiste que los verdaderos amigos no hacían cosas por detrás, sentí miedo de que pensaras lo mismo de mí —dice Víctor.

—Bueno, ¿pero no es eso lo que estás haciendo? —suelto sin pensar—. Arruinaste mi volcán en la feria de ciencias y ahora estás tratando de ganar este concurso.

—No seas así —ruega Víctor—. No estoy tratando de sabotearte. Tú eres mi amiga.

—No, no lo soy. Así que no me vuelvas a hablar más.

—Estoy muy arrepentido. Solo entré a participar por los puntos extra. Necesito sacar buenas notas en Sendak para que me acepten en Bishop Crest. ¿Te acuerdas?

Me levanto y recojo la bandeja. Víctor también se levanta.

—No tienes que marcharte. Yo me iré. Ese es tu puesto. Me sentaré en otro sitio —dice. Me gustaría tirarle los trozos de pollo cuando me habla tan dulcemente—. Sé que tienes tus razones para estar molesta conmigo, pero te pido disculpas. No estaba tratando de…

—Lo que digas, Víctor —digo sentándome—. ¿Acaso no te ibas ya?

Víctor traga en seco y parece asombrado. Yo también estoy asombrada de lo que acabo de decir. Me gustaría borrarlo como si fuera una foto del celular, pero no puedo. Víctor se va cabizbajo y se sienta con Ethan y Diego.

Realmente pensé que Víctor estaba de mi parte. Sin embargo, durante todo este tiempo estaba planeando competir conmigo, como Sara. Grace se me acerca y me da un golpecito en el brazo.

—¿Estás bien? —pregunta.

Respiro profundo.

—Ojalá este curso acabara de una vez. Tengo tantas ganas de despedirme de Sendak.

CAPÍTULO 24

Nada me ha salido bien este año en Sendak. Y para colmo, mi bisabuelo está en el hospital. Adriana me dice que no puedo visitarlo si estoy tan triste, así que trato de poner una cara alegre cuando salimos del ascensor y escondo bien a Sigiloso en la cesta de comida. A Sigiloso no le importa entrar escondido al hospital. Su nombre es perfecto para este tipo de maniobra. Se queda quietecito en el fondo de la cesta, cubierto por servilletas de tela, como si supiera a quién vamos a visitar.

Cuando llegamos a la habitación de mi bisabuelo, Sigiloso salta y se sube encima de las piernas de Abue. Los amigos de mi bisabuelo del centro de veteranos están allí. Nos saludan alegremente a Adriana y a mí. Los reconozco a todos, excepto a algunos de los más jóvenes. Todas las repisas y estantes de la habitación donde está Abue están repletos de tarjetas, cestas de galletas, jarrones de flores y globos.

El Sr. Honig, uno de los amigos más cercanos de mi bisabuelo, me saluda alzando la lata de soda que tiene en la mano.

—Allie, estábamos hablando de cómo tu bisabuelo y yo nos conocimos —dice—. ¿Conoces la historia?

—No aburran a Allie con esas cosas —dice Abue tratando de callarlo.

—Por supuesto que quiero saber —digo.

Conozco al Sr. Honig de toda la vida, pero no sé cómo conoció a mi bisabuelo.

—Por supuesto que sabías que cuando Rocky regresó de la guerra abrió un restaurante, ¿no? —dice el Sr. Honig.

Algunos de los veteranos se ponen a comentar lo buena que era la comida. Los ojos de mi bisabuelo parecen alumbrarse, así que el Sr. Honig continúa la historia.

—Tu bisabuelo puso un cartel en la puerta del restaurante que decía "Bienvenidos a casa, soldados. Por favor, entren a comer gratis. Nosotros invitamos".

—Vi una foto de ese cartel en el álbum de mi bisabuelo —digo emocionada.

—Así mismo, *mija* —dice mi bisabuelo pasándome la mano por la cabeza.

—Cuando regresé de Vietnam —continúa el Sr. Honig—, no lograba poner mi vida en orden ni encontrar un trabajo. Decidí irme a Colorado haciendo autostop. Estaba atravesando Kansas cuando vi el cartel. Solo tenía unos pesos encima, pero no importó. Tu abuelo me recibió con un apretón de manos y un plato delicioso de carne asada.

Me cuesta creer que el Sr. Honig alguna vez haya hecho autostop o haya tenido dificultades para encontrar un trabajo. Hoy en día es dueño de su propia compañía de construcción.

—¿Vivías en la calle? —pregunto.

—Por un tiempo sí, pero entonces tu bisabuelo me llevó al centro de veteranos y allí me ayudaron a reconstruir mi vida.

—¿A cuántos soldados diste de comer, Rocky? —pregunta Auggie—. Es un milagro que no hayas quebrado.

Mi bisabuelo suelta una risita.

—Los soldados son muy orgullosos. Siempre dejaban algún dinero. Por suerte, nunca quebré y ellos no pasaron hambre.

—Yo no sabía eso —dice Adriana.

Mi bisabuelo le guiña un ojo como para restarle importancia al asunto.

—Cuando regresé de la Guerra del Golfo, tu bisabuelo estaba en la base militar —dice el Sr. Silva—. Nos dio la bienvenida a todos con un abrazo. Cuando supo que algunos de nosotros no teníamos familia allí para recibirnos, nos llevó a cenar. La verdad es que su bisabuelo es un hombre muy bueno —dice el Sr. Silva pasándose las manos por los ojos húmedos.

Intercambio una sonrisa con mi bisabuelo. Hasta el día de hoy, él y el Sr. Silva van a la base militar más cercana un par de veces al año a darles la bienvenida a soldados que regresan a casa. Todavía invitan a cenar a los que no tienen familia, pero mi bisabuelo dice que una vez que los soldados descubren quién es él, son ellos los que quieren pagar. Por supuesto, mi bisabuelo no los deja.

—Yo también tengo una historia —digo—. Mi favorita es de cuando mi bisabuelo y su mamá caminaron hasta otro pueblo tratando de encontrar una escuela que aceptara a mi bisabuelo. —El Sr. Honig y el Sr. Silva asienten—. Y ahora miren —añado señalando a Adriana—, su bisnieta va a estudiar a Harvard.

Adriana nos da a Abue y a mí un besito en la mejilla.

—Esa es la mejor historia de todas —dice mi bisabuelo.

—Te quiero tanto, Abue —digo dándole un abrazo—. Siento haberme molestado contigo por no tener la medalla. Y te pido disculpas por no querer tomar una foto tuya sin la medalla. No quise molestarte y que te enfermaras.

—*Mija*, pero yo no me enfermé por eso —dice mi bisabuelo quitándome el pelo de los ojos húmedos—. Estoy viejo. Y los viejos como yo a veces se enferman —añade pellizcándome la punta de la nariz—. Estoy contento de haberte ayudado con tu proyecto.

Sigiloso está encima de mi bisabuelo y ronronea. Me limpio las lágrimas de los ojos y miro a mi alrededor. La habitación está llena de los amigos de mi bisabuelo. ¿Dónde están los míos? Debí haber ayudado a Víctor con su proyecto. Después de todo, él participó en el concurso por los puntos extra. Me dijo que inglés era su peor materia. Y en cuanto a Sara, tuvo razón en dejarme de hablar después de lo que pasó con el concurso Amigos Peludos. Es cierto que tenía muchas ideas y yo pensé que ninguna de ellas era lo suficientemente buena para ganar. Rechacé cada idea suya. ¡Qué clase de amiga soy!

Por primera vez me doy cuenta de lo que mi bisabuelo me ha querido decir con eso de que las mejores recompensas no caben en un estante. No tendrá la Medalla de Honor, pero tiene esta habitación llena de personas que lo quieren. Personas a las que él llama amigos y considera como su propia familia.

Busco mi cámara. Mi bisabuelo me guiña un ojo como si supiera lo que me está pasando por la cabeza.

—¿Puedo tomar una foto? —pregunto.

Abue les pide a todos que se paren junto a él. Sigiloso se acomoda para que lo retrate también. Sin duda alguna, ¡esta es la foto que hubiese podido ganar el concurso Amigos Peludos!

—Voy a contar hasta tres —digo.

—¡Espera! ¿No deberías estar tú también en la foto? —pregunta mi bisabuelo.

—No en esta —digo negando con la cabeza y sonriendo—. Digan: ¡familia!

Pip. Clic. Flash. Ya está. Ahora tengo la mejor foto de todas.

Cuando llego a casa del hospital, sé exactamente lo que debo hacer. Entro a mi cuenta de Prezi y comienzo a mirar el proyecto que presenté al concurso. Es sobre la guerra, no sobre mi bisabuelo. Sigiloso pone la pata encima de la pantalla de la computadora como si no le gustara la presentación. Cuando se termina, le da un golpe a la pantalla con el rabo.

—Tienes razón —digo—. ¿Qué opinas, Sigiloso? ¿Estás listo para pasar toda la noche despierto?

CAPÍTULO 25

Me gustaría que la sala dejara de dar vueltas. La Sra. Wendy está parada frente a mí y veo que más y más gente entra al teatro y se sienta.

—Alyssa, ¿estás segura de que eso es lo que quieres? —pregunta la Sra. Wendy poniéndome las manos en los hombros para asegurarse de que le estoy prestando atención—. Sé cuánto te importa ganar.

—Sí —digo sin pestañear—. Solo pensé que usted debía saber lo que estoy planeando ya que tiene que poner mi presentación en la pantalla.

—Está bien, Alyssa —dice, y me da unos golpecitos en el brazo—. Te apoyo cien por ciento si eso es lo que quieres.

—Gracias —digo, y le doy un abrazo, porque si alguien me apoya cien por ciento se merece un abrazo.

La Sra. Wendy se va y la sala comienza a dar más vueltas. Por suerte aparecen Adriana, Ava y Aiden.

—Adriana, me siento mal —digo. Le tomo la mano y se la aprieto—. Voy a parecer una tonta.

—Por supuesto que no, Allie. Es normal que estés nerviosa. Créeme —dice Adriana.

—¿Tú también te pones nerviosa? —pregunto.

—Antes de cada debate siento un horrible dolor de barriga —dice mi hermana mayor.

No puedo creer lo que acabo de escuchar. Siempre se ve tan calmada y segura de sí misma.

—Allie, todo el mundo se pone nervioso —dice Aiden—. Es normal. Por eso es que siempre me pongo los audífonos antes de un partido. Escucho música para calmarme.

—¿Qué? Pensé que lo hacías para hacerte el interesante —digo.

Aiden niega con la cabeza.

—Allie, haz lo que yo hago antes de entrar a escena —dice Ava—. Da un giro. —Ava se pone a girar y su linda falda azul revolotea en el aire—. De esa forma conviertes el nerviosismo en poder estelar.

—Gracias, Ava, pero por favor, deja de girar —ruego.

Ahora, además de la sala, todo lo demás también está girando.

—No le hagas caso. Esto es lo que tienes que hacer —dice Aiden—. ¿Ves todos esos chicos ahí? —Me pone la mano en el hombro y señala a la multitud—. No tienen el coraje para hacer lo que tú vas a hacer, que es dominar en el concurso. Ellos son débiles mientras que tú…

—Muchas gracias, Aiden, pero es suficiente —interrumpe Adriana—. Eso no está bien.

—Eso es lo que nos dice nuestro entrenador antes de cada partido —dice Aiden encogiéndose de hombros.

—Pues está mal —dice Adriana frunciendo el ceño—. Ustedes dos —añade mirando a Ava y a Aiden—, regresen a sus asientos. Yo me ocuparé de Allie.

Una vez que Ava y Aiden se van, siento un calor que me recorre todo el cuerpo. Lamento haberme puesto la chaqueta morada que Ava eligió para que me pusiera con la blusa de flores y el jean.

—No creo que pueda hacerlo —digo.

Miro a los chicos que están conmigo detrás del escenario,

pero no veo ni a Víctor ni a Sara. Aquí estoy, lista para cometer la mayor idiotez de mi vida delante de todo el mundo y no tengo a mis dos mejores amigos a mi lado. Este es el momento de hacer algo para disculparme con ellos y con mi bisabuelo y arreglar todo lo que ha salido mal durante el curso escolar. Si quiero recuperar la amistad de Sara y Víctor para siempre, tengo que hacer algo grande. Tan grande como el monte Everest.

—Respira conmigo, Allie. Tengo que admitir que estás más nerviosa de lo que imaginé. ¿Estás segura de que no te pasa nada más? ¿Hay algo que no me has dicho? —pregunta Adriana.

Aspiro profundo unas cuantas veces. Mi hermana no tiene la más mínima idea de lo que me propongo hacer. Nadie lo sabe, excepto Sigiloso y la Sra. Wendy. Pero en mi interior sé que es lo correcto. Solo espero poder controlar los nervios una vez que me llamen a hacer la presentación. Tengo una sola oportunidad.

—Presten atención —dice una mujer muy alta que lleva un vestido azul oscuro largo hasta el suelo—. Yo soy la Srta. Zaner y voy a ser la presentadora del concurso. A no ser que sean finalistas, deben ir a sus asientos ahora. Ya vamos a empezar.

—Allie, me tengo que ir. Verás que todo va a salir bien. Respira profundo y mira hacia la quinta fila. ¿Ves a Abue? ¿A mami y a papi? Concéntrate en nosotros, ¿eh? —Adriana me besa, pero yo no quiero que se vaya—. Allie, vas a estar bien —añade mi hermana y desaparece.

Me vuelve a doler la barriga. Miro al escenario. Hay un micrófono y once sillas de esas que se abren y se cierran. Una pantalla aparece en el escenario. Ahora somos menos los que estamos detrás del escenario. Un chico está leyendo en voz alta un poema. Gesticula con las manos al recitar cada verso. Estoy fascinada con su técnica.

—Se llama Clover Denton y va a la escuela El Camino —dice Sara parándose a mi lado—. Esa escuela gana todos los años. Este año tiene como cuatro finalistas. ¡Increíble!

Miro a Sara detenidamente. Lleva un precioso vestido rojo, blanco y azul.

—¿Me veo ridícula? —pregunta cuando se da cuenta de que la estoy mirando.

—Te ves muy patriótica —digo.

—Gracias. Pensé que no me vendría mal usar este vestido.

—¿Dónde está tu familia? —pregunto.

—En la misma fila que la tuya, ¿los ves? —dice.

Miro hacia el público y veo a los padres de Sara sentados al lado de mi familia. Desde que éramos pequeñitas, nuestras familias siempre se han llevado bien. Me pregunto si después de esta noche todo volverá a ser igual que antes entre Sara y yo. Eso espero. Fue una mala idea mirar al público. Ahora han llegado más personas y siento más calor.

—No permitas que vuelva a mirar al público. No soporto ver tanta gente —digo.

—Mi mamá dice que la mire cuando esté en el escenario, pero no lo pienso hacer. Eso haría que me pusiera más nerviosa. Pienso mirar hacia la luz que está al fondo de la sala.

Es fabuloso estar hablando nuevamente con Sara.

—¿Has visto a Víctor? —pregunto—. Me gustaría hablar con ustedes sobre algo importante.

—Anda por allá atrás. Adriana estuvo hablando con él antes de ir a sentarse —dice—. Está muy nervioso. Pero pienso que es mejor hablar después, el evento está por comenzar.

En ese momento, se escucha una voz:

—Damas y caballeros, bienvenidos al concurso Pioneros de Kansas. Les presentamos a los finalistas de este año.

Tengo un nudo en la garganta y me duele el pecho. Siento pena por Víctor que está tan nervioso. Ojalá pudiera decirle que le deseo buena suerte.

—Chicos —dice la Srta. Zaner—, es hora de salir al escenario. Vamos.

Sara y yo nos ponemos en fila con el resto de los finalistas y seguimos a la Srta. Zaner al escenario. Nos sentamos en las sillas mientras el público aplaude. Una vez que estamos sentados, el público comienza a tirar fotos. Veo a mi bisabuelo y lo saludo con la mano. Él también me saluda.

Sé que puedo hacerlo. Tengo que hacerlo. Esta es mi única oportunidad.

La Srta. Zaner presenta a cada uno de los finalistas. Víctor está sentado en la última silla. Cuando dicen su nombre, aplaudo fuertemente deseando que lo note. Los tres jueces están sentados en la primera fila de la sala con tabletas en las manos. Después de darle algunas instrucciones al público sobre apagar los celulares, las cámaras y mantenerse en silencio, la Srta. Zaner dice que haremos las presentaciones en orden alfabético. Como mi apellido es Velasco, seré la última en presentar. ¿Por qué no hacemos las presentaciones siguiendo el orden alfabético de los nombres? Así sería la primera y acabaría de una buena vez.

El primer turno le toca a Clover Denton. Toma el micrófono y le sonríe al público. Les dice a todos que no es necesario que se queden callados o inmóviles mientras él recita su poema. Les dice que si sienten la necesidad de chascar los dedos o aplaudir mientras está recitando, lo pueden hacer. Entonces empieza a recitar un poema sobre un famoso jugador de fútbol brasileño. Su poema es diferente a todos los que he estudiado en Sendak. Parece una canción de rap, y algunas veces el público se ríe y aplaude cuando escucha algo que le gusta. ¡Es el tipo de poesía que podría escuchar todo el día!

—Es muy bueno —murmura Sara tocándome la mano.

Clover termina el poema y saluda al público. Todos aplauden. Trago en seco. El público está de pie. Estoy segura de que mi presentación va a ser un fiasco. Después de dos presentaciones fotográficas, le toca a la letra G. Víctor se acerca al micrófono. Me siento muy nerviosa por él. El cuerpo me empieza a temblar de nuevo. Víctor lleva una camisa blanca, jeans azules y un cinturón que tiene en la hebilla un águila. Se ve muy bien. Y si está nervioso, no lo parece. Se aclara la garganta.

—Escribí este poema en honor a mi papá, quien es un verdadero pionero —dice Víctor. Su voz se escucha calmada y cálida—. Mi papá, Gustavo García, vino de México a los Estados Unidos en busca de una vida mejor para su familia. Gracias a él, puedo ir a una buena escuela y seré el primero de mi familia en graduarme alguna vez de la universidad. Mi poema se titula: "Un poema a mi padre".

Mi padre no necesita este poema,
le vendría mejor una camioneta nueva.
La suya nunca enciende cuando hace mucho frío,
y mi padre va al trabajo caminando por millas
con sus botas ya gastadas por el largo camino.

Mi padre no necesita este poema,
le vendría mejor un par de zapatos,
pues llega a casa tras la larga faena
con los pies rojos de tanto maltrato.

Mi padre no necesita este poema,
no arreglará su camioneta ni aliviará sus pies
ni pagará mis gastos de la escuela al fin de mes.

Pero yo lo escribo de todas maneras
para decirle gracias y que sepa él
cuánto yo lo quiero por ser como es.

Genial, Víctor. Aplaudo entusiasmada junto con el resto
del público. Su poema es maravilloso. Nunca pensé que
fuera capaz de escribir un poema como ese. El papá de Víctor
se limpia las lágrimas mientras carga a una de sus hijas en brazos. Detesto el nudo que se me está formando en la garganta.

Tengo que ser capaz de hablar cuando me llegue el turno. Tengo que hacer lo correcto y arreglar las cosas.

—¿Sabías que Víctor era capaz de escribir un poema así? —pregunta Sara inclinándose hacia mí.

—Ni idea —digo—. Últimamente no he tenido idea de muchas cosas.

Sara me mira sorprendida, pero no dice nada. Víctor regresa a su asiento, pero no me mira. Me siento tan molesta conmigo misma. Víctor solo desea obtener una beca para asistir a Bishop Crest y así poder ir a una buena universidad para poder ayudar a su familia. Quiere tener la oportunidad de ser un pionero, de ser un rompedor de piñatas. Y todo lo que yo he deseado hasta ahora ha sido ganar un trofeo brillante para la estantería de los trofeos de mi familia. ¿Cómo me aguantó tantas malcriadeces?

Finalmente le llega el turno a Sara. Comienza diciendo unas palabras sobre mi bisabuelo.

—Esta canción se la he dedicado a Rocky Velasco, un veterano de la Segunda Guerra Mundial condecorado con la Medalla de Honor... —dice—. Rocky está aquí hoy con nosotros. Abue, ¿podrías ponerte de pie?

Mi bisabuelo se para lentamente. El público también se para a aplaudir. Abue saluda con la mano y les da las gracias a todos. El aplauso es atronador. Luego, Sara se sienta en una banqueta con la guitarra. Comienza a tocar unos acordes y los aplausos se desvanecen. Sara canta la canción de memoria. Clover Denton comienza a aplaudir al ritmo de la música y nos anima a todos a hacer lo mismo. Cuando Sara termina, sus padres se besan. Están muy orgullosos de ella. Desde su asiento, mi bisabuelo le hace a Sara un gesto de aprobación.

—Qué bien te quedó, Sara —digo cuando regresa a mi lado.

Sara realmente quiere y respeta a mi bisabuelo y yo no he hecho otra cosa que castigarla por querer escribir una canción en su honor. Debí alegrarme y haberla ayudado. Eso nos podría haber unido nuevamente. En cambio, con mi actitud solo logré que nos separáramos aún más.

Durante todo este tiempo, solo estaba pensando en ser como Junko Tabei y escalar mi propio monte Everest, pero solo logré convertirme en una inmensa avalancha tratando de enterrar a mis amigos Sara y Víctor.

Después le toca a Skyler St. John, también de la escuela El Camino. ¿Por qué todos los estudiantes de El Camino tienen nombres geniales? Skyler canta una canción sobre una maestra que murió de cáncer de mama el año pasado. La canción es muy dulce y sincera. Es como si hubiera sido sacada del diario de la maestra.

Después de unas cuantas presentaciones fotográficas,

poemas, canciones acerca de madres, padres, maestros y atletas famosos, la Srta. Zaner dice mi nombre. Siento deseos de escapar por una puerta, pero camino hasta el micrófono y busco a mi bisabuelo en el público.

La Sra. Wendy me mira como preguntándome si estoy segura de lo que voy a hacer. Lo estoy. Miro la pantalla que está en el escenario y aparece mi presentación. Respiro profundo y me inclino hacia el micrófono. Quisiera que las rodillas me pararan de temblar.

—Me equivoqué en todo —comienzo a decir. La voz me tiembla, pero continúo—: La presentación que les envié a los jueces estaba enfocada en las razones equivocadas. Y aunque sé que seré descalificada, esta noche quiero hacer las cosas bien con una nueva presentación.

Mis familiares se miran entre ellos, confundidos. Mi bisabuelo me saluda levantando levemente su sombrero. Me mira como si estuviera de acuerdo conmigo y mis piernas paran de temblar. Es como si hubiera encontrado de pronto un pico mágico y estuviera lista para escalar la montaña. Sé que puedo hacerlo.

Se me quita el nerviosismo en cuanto veo la primera fotografía que aparece en la pantalla. Es la foto en blanco y negro de mi bisabuelo con su mamá y su hermanito.

—Así fue como comenzó todo para Rocky Velasco. Es el niño con la media sonrisa. —En la próxima diapositiva aparece la cara de mi bisabuelo en primer plano—. Al principio, todos los pioneros son niños como los que estamos aquí en el escenario. No sabemos cómo será nuestro futuro, pero en algún momento de nuestras vidas, como mi bisabuelo, tendremos que enfrentar retos y aprovechar oportunidades. Lo que hagamos con esos retos y oportunidades será lo que definirá nuestras vidas.

La próxima diapositiva es una foto de la clase de mi bisabuelo cuando él tenía alrededor de diez años. Está parado en una esquina como si no debiera estar allí junto al resto de su clase.

—Como mi bisabuelo era pobre y no sabía inglés tuvo que enfrentar más retos que los que yo tendré que enfrentar. Sin embargo, él nunca se dio por vencido, por muy dura que fuera su vida, porque deseaba construir una vida mejor para su futura familia. Antes de que yo existiera, mi bisabuelo ya estaba pensando en mí, en mi familia y en nuestros sueños.

Paso la diapositiva y aparece una foto de mi bisabuelo en el ejército.

—Cuando Estados Unidos le declaró la guerra a Japón después de la invasión a Pearl Harbor, mi bisabuelo, a la edad de diecisiete años, se ofreció como voluntario. Al terminar la guerra, por su valor, fue condecorado con la prestigiosa Medalla de Honor del Congreso. Es el único veterano vivo de la Segunda Guerra Mundial condecorado con esta medalla en nuestro estado y uno de los pocos del país. Pero lo más importante es que después de la guerra, mi bisabuelo encontró su verdadera vocación. —Comienzo a pasar fotos de mi bisabuelo en el centro de veteranos—. Durante el resto de su vida, mi bisabuelo se dedicó a ayudar a otros veteranos de guerra.

Hago una pausa y luego pregunto:

—¿Cómo puede uno reconocer a un verdadero pionero? ¿Por las medallas? —Dejo de pasar las diapositivas. La fotografía de mi bisabuelo sosteniendo la caja vacía en la que alguna vez estuvo la Medalla de Honor aparece en la pantalla. Me gusta cómo brillan los ojos de mi bisabuelo en la foto. Los jueces sonríen y asienten—. ¿Por los trofeos que ganan? —digo.

Me detengo nuevamente y dejo que la pregunta flote en el aire. Paso a la última fotografía. Es la foto de mi bisabuelo rodeado de sus amigos y familiares en el hospital.

—Uno siempre sabe quién es un verdadero pionero por los amigos y los familiares que lo rodean. Los verdaderos pioneros no se sienten motivados por la gloria sino por el amor. El amor por su familia, sus amigos y su país. Sus vidas y sus trayectorias nos recuerdan que nosotros también podemos hacer grandes cosas y alcanzar lo imposible. Mi bisabuelo, Rocky Velasco, me inspira a ser mejor cada día. Muchas gracias.

Un gran aplauso se escucha en todo el teatro. Lo próximo que veo es a los jueces y al público aplaudiendo de pie. ¿Me aplauden a mí? ¿A mi bisabuelo? No importa. Cuando me dirijo a mi asiento, miro a Víctor. Veo que está aplaudiendo, pero no me mira. Sara y Skyler me dan unas palmaditas en la espalda y me felicitan por la presentación.

Tengo que admitirlo, me siento en las nubes.

Entonces, la Srta. Zaner le pide al público otra ronda de aplausos para los finalistas.

—Ahora vamos a tomar un receso y regresaremos en veinte minutos con los resultados. ¿Quién será el ganador de este año? Quédense para que lo descubran —dice.

CAPÍTULO 26

Durante el receso, la Srta. Zaner viene hasta donde estoy y me dice que he quedado descalificada por presentar un proyecto diferente al que originalmente envié al concurso. Me dice cientos de veces que lo lamenta mucho.

—Tu presentación me puso la carne de gallina —dice.

Me permiten volver al escenario, pero no recibiré ninguna puntuación. No voy a ganar el concurso. La noticia debería dolerme; sin embargo, no me afecta. De hecho, no puedo parar de sonreír. Desde sus asientos, mis padres me lanzan besos y me felicitan. Mi bisabuelo sonríe. Solo sonríe.

Sara se me queda mirando un largo rato.

—¿Por qué no te molesta haber sido descalificada? —pregunta.

—Era lo que esperaba por haber cambiado mi presentación. Tenían que descalificarme —digo.

—¿Te saboteaste tú misma? —dice Sara negando con la cabeza—. ¿Quién eres? ¿Dónde está Allie Velasco?

Me echo a reír y siento que desaparece el nerviosismo que he sentido durante las dos últimas semanas. Ha llegado el momento de arreglar las cosas con Sara y con Víctor de una vez por todas.

—Me siento verdaderamente orgullosa de ti, Allie —dice Sara—. Se necesita ser muy valiente para hacer lo que hiciste. Estuve mirando la cara de Abue mientras hablabas. Estaba en la gloria. ¿Lo viste?

—Sí —digo bajando la cabeza—. Tenía que hacerlo. Ojalá me hubiese dado cuenta antes de que no vale la pena arruinar una amistad con tal de ganar. Si lo hubiese sabido antes no hubiese arruinado mi amistad contigo y con Víctor.

Sara me mira asombrada.

—Todavía no has arruinado tu amistad conmigo —dice jugando con el brazalete que lleva en la muñeca—. Ah… y ya no le hablo a Hayley. No es buena persona.

—¿Te acabas de dar cuenta? ¿Qué fue lo que viste en ella en primer lugar?

—Es divertida y tú andabas demasiado obsesionada con ganar medallas y estar al nivel de tu familia. La gota que llenó la copa fue cuando te volviste loca durante las vacaciones de invierno con el concurso Amigos Peludos. No hay manera de hablar contigo cuando estás tratando de ganar algo.

Trago en seco. Me porté como una chihuahua loca. Lo mismo que hice con Víctor y el concurso Pioneros de Kansas.

—Lo siento, Sara —digo negando con la cabeza.

—Prefiero a esta nueva Allie que cambió su proyecto sabiendo que iba a ser descalificada —dice Allie.

—Yo también prefiero a esta nueva Allie —digo bajito—. Pero extraño a la vieja Sara. ¿Crees que podamos volver a ser buenas amigas como antes?

Sara comienza a quitarse el esmalte de uñas, pero no contesta.

—Para de hacer eso —digo dándole un golpecito en las manos.

—Gracias —dice frunciendo el ceño y quitándose un brazalete color turquesa y morado de la muñeca—. Esto es para ti. Dejaste de usar tu brazalete después de lo que pasó el Día de los Inocentes. Así que anoche te hice uno nuevo. ¿Te gusta?

Me lo pongo inmediatamente.

—Gracias. ¿Y qué va a pasar con Hayley? —pregunto.

—Nunca fuimos amigas íntimas. Ella y Sophie son más íntimas. Solo andaba con ella porque necesitaba unas vacaciones de la superobsesionada…

—Chihuahua loca —digo terminando su oración.

Sara suelta una risita y se tapa la boca.

—Oye, ¿quieres ir con nosotros a comer tacos después de que termine esto? —pregunto.

—Por supuesto —dice Sara—. Conocer a la nueva Allie me ha dado hambre.

Las luces de la sala se encienden y se apagan.

—Ya es hora —digo.

Las personas que habían salido a comprar jugos y galletas durante el receso regresan de prisa a la sala. La Srta. Zaner sale de detrás del escenario mostrando un sobre en la mano.

—¡Tenemos un ganador! —anuncia—. Pónganse de pie todos los finalistas.

—Buena suerte, Sara —murmuro.

Los diez finalistas nos paramos. Miro a Víctor tratando de llamar su atención, pero él no me mira.

—Hay tres finalistas de la última ronda. Les voy a pedir que den un paso adelante cuando diga sus nombres y luego

anunciaré el ganador del concurso Pioneros de Kansas
—dice la Srta. Zaner.

Cruzo los dedos deseando que Sara y Víctor estén entre
los tres finalistas. Ruego entonces que este año gane alguien
de la Primaria Sendak. Por favor, por favor, por favor.

La Srta. Zaner respira profundo.

—Clover Demon, Skyler St. John y Víctor García, den
un paso adelante —dice.

El público comienza a exclamar y a aplaudir. Miro a
Sara.

—Me alegro por Víctor —dice Sara.

—El ganador del concurso Pioneros de Kansas de este
año es —comienza a decir la Srta. Zaner abriendo el sobre
que tiene en la mano— ¡Víctor García de la Primaria Sendak!

El público se vuelve como loco.

En el centro del escenario, Víctor acepta el cheque y el
trofeo de manos de la Srta. Zaner y luego saluda a los jueces
con un apretón de manos. Los otros finalistas lo rodean y lo
felicitan, pero yo no me puedo mover.

—¡Es la primera vez que gana un estudiante de la
Primaria Sendak! —anuncia la Srta. Zaner por el micrófono.

—Vamos a felicitarlo —dice Sara halándome por la
chaqueta.

—No creo que quiera verme —digo paralizada mientras Víctor va a saludar a su familia, que está al pie del escenario. Estoy tan contenta por él. Tan contenta que no quiero molestarlo con mis disculpas en estos momentos en los que solo debe celebrar—. ¿Al menos le podrías decir que me gustaría hablar con él más tarde?

Sara asiente y sale en busca de Víctor. Me volteo hacia mi familia que está esperándome en el público. Mi mamá y mi papá son los primeros en llegar a mí y abrazarme.

—Como dice la canción, nos dejaste sin aliento —dice mi papá.

Adriana me besa.

—Allie, nos tenías a todos hipnotizados. Disfrutaste ese momento, ¿no es cierto? —pregunta.

Le digo que sí con la cabeza.

—Superorgulloso de ti, hermanita —dice Aiden dándome unas palmaditas en la espalda.

—Mostraste verdadero poder estelar —dice Ava abrazándome.

—Allie… —dice mi bisabuelo y me abraza—. Estoy tan orgulloso de ti.

Dejo que me abrace todo lo que quiera. No quisiera soltarlo jamás. Solo hace una semana estábamos en el hospital esperando lo peor. Y ahora está aquí con nosotros. Tengo tanta suerte. Cuando finalmente me suelta, busco a Víctor, pero no lo veo por ningún sitio. Al salir de la sala con mi familia no paro de mirar alrededor.

—Sara, ¿le dijiste a Víctor que quería hablar con él? —pregunto.

Sara asiente.

—¿Y qué dijo Víctor?

—No dijo nada —dice Sara—. Se quedó esperando un rato, pero después de unos minutos se marchó con su familia.

—Quería pedirle disculpas y preguntarle si le gustaría venir a comer tacos con nosotros... Me imagino que volví a echarlo todo a perder.

—No te preocupes, Allie —dice Sara—. Ya verás que todo se arreglará entre ustedes.

Por primera vez en mucho tiempo siento que todo vuelve a estar en su lugar. Mi bisabuelo está con nosotros en casa. Sara y yo somos amigas de nuevo. Aiden y Ava parecen estar realmente orgullosos de mí aunque no haya ganado. El único que falta es Víctor. ¿Me perdonará o será demasiado tarde?

CAPÍTULO 27

Camino a Tacos Cósmicos, Sara comenta que Clover y Skyler han sido aceptados a Bishop Crest, lo que me parece genial. Me muero de ganas de comenzar en la secundaria con Sara y con amigos nuevos como Clover y Skyler. Pero, ¿y Víctor? ¿Será aceptado en Bishop Crest? ¿Obtendrá la beca que necesita? Espero que haber ganado este concurso lo ayude.

Llegamos a Tacos Cósmicos y salimos todos del auto. Respiro el aire fresco de abril mezclado con el aroma lleno de especias que despide el restaurante. La última vez que estuvimos aquí había perdido en la feria de ciencias. Esta vez, he vuelto a perder, pero es muy diferente.

En ese momento veo a un chico recostado en la entrada del restaurante. Me mira y comienza a caminar hacia mí.

—¿Qué hace Víctor aquí? ¿Cómo sabía que vendríamos? —pregunto.

—Eh… Es posible que le haya enviado un mensaje de texto diciéndole que vendríamos a este restaurante —dice Sara encogiéndose de hombros—. Dijiste que querías hablar con él. Bueno, pues aquí lo tienes.

El corazón me da un brinco. Me encuentro con Víctor a mitad de camino. No estoy segura de que quiera que lo abrace, así que extiendo la mano. Me sonríe y nos damos un apretón de manos.

—¡Felicidades, Víctor! —digo.

Mi familia se acerca y lo felicita.

—Estamos muy contentos de que hayas ganado, Víctor —dice Adriana—. Tu poema es muy hermoso.

—Gracias. Me alegro de que todo haya terminado. Estaba muy nervioso. Había tanta gente allí —dice Víctor.

Me sonríe tímidamente y yo le devuelvo la sonrisa. Tiene algo en mente. ¿Quizás está esperando que le pida disculpas?

Ahora mismo se las voy a dar delante de mi bisabuelo,

de Sara y de toda la familia. Si puedo hablar en una sala atestada de gente, también puedo hablar aquí.

—Víctor, necesito hablar contigo… —digo.

—Allie, yo también tengo algo que decirte —dice Víctor—. ¿Puedo hablar primero?

—Está bien.

Me muerdo el labio inferior. Quizás vaya a contarles a todos lo mal que me he portado con él. Está en todo su derecho, pero…

—Hace un par de días supe un secreto acerca de ti y quiero compartirlo con todos —dice Víctor.

—¿Qué? ¡Un secreto! —chilla Ava—. ¡Por favor, dinos!

Le clavo la mirada a la chismosa de Ava. Adriana la hala hacia ella y no la deja moverse.

¿Un secreto? Trago en seco. ¿Se lo tiene que decir a todo el mundo? Creo que me voy a desmayar. Miro a Víctor fijamente.

—Adriana me dijo algo que tú hiciste —continúa Víctor.

Miro a Adriana. ¿Qué fue lo que le dijo? Mi hermana mayor me guiña un ojo como diciéndome que todo va a estar bien. Que lo que Víctor va a decir todos lo pueden escuchar. De nuevo siento calor en la cara, en la cabeza y en todo mi cuerpo, como si volviera a estar en el escenario.

—¡No des más vueltas y dilo de una vez! —dice Aiden.

Muchas gracias, Aiden.

—Adriana me dijo que tú le pediste que escribiera una carta recomendándome a Bishop Crest. ¿Es cierto? —dice Víctor.

—Sí —digo.

Sara me da un codazo de aprobación, pero todavía estoy nerviosa porque aún no sé qué es lo que quiere decirnos Víctor.

—Bueno, pues me han aceptado en Bishop Crest y he ganado la beca "Es tarea de todos", así que estaré con ustedes dos el próximo curso —dice Víctor señalándonos a Sara y a mí.

El corazón me salta de alegría. ¡Hurra! Todos aplaudimos. Estoy tan contenta de que Víctor y yo vayamos juntos a la escuela intermedia. Víctor me sonríe y yo dejo escapar un suspiro aliviada. Pensé que contaría las cosas malas que le había hecho. Víctor me mira con sus cálidos y brillantes ojos marrones. Nunca me había fijado antes lo mucho que brillan sus ojos, como si fueran cien trofeos juntos.

—Gracias por creer en mí lo suficiente para pedirle a Adriana que escribiera una carta. Ese es el verdadero premio que he recibido esta noche —dice Víctor.

—Sí, lo es —dice mi bisabuelo besándome en la

cabeza—. Dejemos a estos chicos aquí con sus secretos y vayamos nosotros a comer tacos.

Todos caminan hacia el restaurante y yo sigo a mi bisabuelo.

—Te quiero —le digo abrazándolo muy fuerte—. Quería hacer lo correcto esta noche y contar tu historia.

—Te quiero mucho, Allie. Ya celebraremos con los tacos de la victoria —dice y camina al restaurante dejándome con Sara y Víctor.

—¿No dijiste que tenías algo que decirme? —pregunta Víctor.

—Tienes razón. Quería pedirte disculpas por haberme portado tan mal contigo con el asunto del concurso. Te pido disculpas por haber sido tan desagradable —digo—. También te pido disculpas a ti, Sara. No saben cuánto lo siento.

—Si vuelves a disculparte, te quitaré el brazalete —dice Sara—. Que sea la última vez, ¿me oyes?

—Es cierto que te pasaste un poquito, Allie, pero eso es lo que me gusta de ti —dice Víctor. Entonces, saca de su bolsillo una cinta roja de la que cuelga una tapa de lata—. Esto es para ti. No es un trofeo elegante, pero quiero que la tengas porque creíste en mí y me ayudaste a que me aceptaran en Bishop Crest.

Víctor me da la medalla que él mismo hizo. Me la pongo enseguida. Dice *Amiga #1*.

—Mis hermanitos me ayudaron a hacerla anoche —dice Víctor—. Estuve planeando dártela desde que Adriana me dijo lo que habías hecho por mí.

—Me encanta —digo mostrándosela a Sara.

—Ahora sí tienes una medalla, Allie —dice Sara.

Miro a Víctor a los ojos.

—Gracias —digo, y le doy un fuerte abrazo.

No puedo impedir que se me escape una risita cuando él también me abraza. El abrazo es mucho mejor que nuestro apretón de manos de hace unos minutos. Ya sé que las medallas no son lo más importante del mundo, pero cuando recibes una por ser buena amiga… uno se siente como Billy Mills cruzando la meta final, Gwendolyn Brooks ganando el Premio Pulitzer y Junko Tabei llegando a la cima del monte Everest, todo eso al mismo tiempo.

AGRADECIMIENTOS

Me gustaría darles a estas maravillosas personas un gran trofeo dorado por ayudarme a terminar mi segunda novela. Como siempre, un gran abrazo a mi agente, Adriana Domínguez, por su aliento y por creer en mi voz. ¡Eres la No. 1!

Gracias cien veces a mi editora, Anna Bloom, por sus increíbles revisiones, su entusiasmo y su risa.

Muchas gracias a Rocky R., veterano de la Segunda Guerra Mundial, por compartir su cuaderno de notas conmigo. Eres una inspiración para mí y gracias por tu servicio a nuestro país.

Un gran beso y la medalla al Mejor Amigo No. 1 a mi esposo por mantenerme cuerda y abastecida de pasabocas mientras escribía esta segunda novela.

Finalmente, un agradecimiento especial a todos los maestros, bibliotecólogos y estudiantes que me han invitado a hablar en sus escuelas. Conocerlos a todos ha sido la mejor parte de toda esta aventura de escribir. Espero que se hayan sentido orgullosos con este segundo libro.